섬으로
사는
사람들

섬으로
사는
사람들

문학과 봉사는 내 삶의 전부

한 상 림 지음

작가
교실

함께 사는 세상을 위한 단상

지구촌에서 일어나고 있는 일을 우주에서 바라보면 흥미롭고 괴이한 모습만이 아닐 것이다. 아니, 어쩌면 인간의 어리석음에 대해 몹시 개탄스러워할지도 모르겠다.

매스컴에서 실시간 쏟아내는 지구촌의 크고 작은 사건 사고들과 급변하는 정치, 경제, 사회, 문화를 비롯하여 모든 것들이 불안하게 돌아가고 있다.

환경 파괴로 자연은 이미 인간을 멀리하고 있고, 전쟁과 기아, 천재지변은 수많은 생명을 위협한다. 지구는 매캐한 가스로 만성 소화불량을 앓고 있으며, 지구촌 한쪽에서는 가뭄이, 다른 쪽에서는 홍수가 일어나는 기상이변 현상으로 우리를 더욱 안타깝게 한다. 이는 바로 우리 인간이 만들어낸 이기주의 산물이다.

나는 지난 3년간 세 군데 신문 지면에 칼럼을 실어 왔다. 자연과 사람, 사람과 사람 사이에서 일어나는 갈등과 모순의 문제를 슬기롭게 풀어나가는 대안을 제시하면서 적어온 생각들을 책으로 묶어 보았다.

자연이 안겨준 선물을 고마운 마음으로 잘 아끼고 보존하면서 후손에게 물려줄 수 있도록 최선을 다하는 것도 결국 자연과 인간의 공동선을 이루는 과정이다. 그런 의미에서 이 책을 펼쳐보는 독자의 마음을 변화시킬 수 있다면, 그보다 더 큰 보람은 없다고 생각한다.

2019년 일자산 겨울 문턱에서

저자 한상림

차례

제5장 아름다운 삶

제 **1** 장

인간과 만남

소나무

아무도 찾는 사람 없는 산비탈 아래
늙은 소나무

구부정한 허리
몸통이 거친 바람에 메말라 터졌다

늘그막의
엄마를 닮았다

소나무는 한때 엄마처럼 나처럼
꼿꼿한 가지 세워
거침없이 하늘 쪽으로 뻗어 갔을 것이다

01 모든 생명은 우주의 탄생

신생아의 첫울음소리에는 특별한 의미가 있다. 그것은 한 생명이 어미의 자궁에서 빠져나오는 순간 신성한 몸을 이 세상에 맡기려는 성스러운 착지着地의 알림이다. 모든 생명체 하나하나를 작은 우주라 한다면, 사람 또한 개개인이 우주를 하나씩 갖고 태어나는 셈이다. 따라서 현세에서 잠시 부모의 몸을 빌려 태어난 부모자식의 관계라 할지라도 부모가 자식의 생명까지 마음대로 하려고 해서는 절대 안 된다.

요즘 매스컴에서 연이어 터져 나오는 엽기적인 아동학대에 관한 뉴스를 접할 때마다 소름이 돋곤 한다. 사람의 탈을 쓰고 자기가 낳아 기르던 아이를 굶기고 폭행해서 죽여 암매장을 해놓고도 밥을 먹고 고개를 들고 다니는 뻔뻔함은 어디에서 나오는 사악함일까.

한 여자로 태어나서 가장 행복했던 기억은 아마도 출산의 시간일 것이다. 첫 아이를 잉태하였을 때의 감동은 세상의 그 무엇으로도 표현할 수 없는 감동 그 자체였다. 엄마가 되어 자식에게 젖을 물리는 모습보다 더 아름다운 모습은 없다. 그런데 그렇게 사랑스럽고 소중한 아이들이 그릇된 부모의 편견과 몰상식한 행위로 매를 맞고, 굶어 죽거나 암매장을 당해도 주위에서는 전혀 몰랐단다. 영화나 소설 속에서나 있을 법한 일들이 여기저기서 터지고 있는데도 우리의 무관심은 주변에서 이런 끔찍한 일들이 벌어지는 것조차 모르고 산다.

인터넷 게임 중독에 빠져 살던 아버지로부터 2년 동안 감금돼 학대받던 11살 여자아이가 견디다 못해 탈출한 사건이 있었다. 아이는 너무 배가 고픈 나머지 슈퍼마켓으로 뛰어 들어가서 무작정 먹으려다 주인에게 붙잡혔다. 아이의 처지를 살핀 주인이 경찰에 신고해서 이 사건이 세간에 알려졌다. 그때부터 사람들은 아동학대의 심각성에 관해 관심을 갖기 시작했다. 부모로부터 폭행을 당하거나 굶겨지고 버려진 아이들, 성폭행을 당하고도 세상을 향해 소리 한 번 지르지 못한 채 숨진 아이들을 보면서, 내 일처럼 내 것으로 투사해 보지 않는 사회구조에 문제가 있음을 인지하게 되었다.

이런 현상은 물질만능주의와 개인주의로 인한 이기심이 빚어낸 우리 사회의 독毒이다. 인터넷 중독에 빠져서 가정을 소홀히 하거나 생명의 존엄성에 대한 비인간적인 어른의 행동이 우리를 더욱 슬프게 한다.

아동학대에 대한 문제는 이미 오래전부터 논란이 되어 왔다. 그런데 최근 들어 여기저기서 사건이 터지는 것은 그만큼 위험수위가 높아지고 있다는 근거이다. 2015년도 중앙아동보호전문기관의 보고에 따르면, 아동학대 사건 중 놀랍게도 81.8%가 친부나 친모에 의한 것이고, 계부·계모로부터 학대받은 건수는 4~5%에 불과하다고 한다.

친부모라는 권한(?)으로 자식을 훈육한다고 시작한 폭력이 점점 강도가 세지면서 결국 사망에까지 이르게 되는 사례가 많다. 처벌과 훈육의 경계가 애매모호하여 자식에 대한 폭력을 폭력인 줄 모르고 마치 자식 교육을 시키기 위한 훈육행위로 합리화하려는 아동폭력은 결코 정당화될 수 없다.

아동학대 행위자 중 대부분은 어린 시절에 부모로부터 학대당한 후유증으로 인해 심리치료를 한 경험이 있다고 한다. 결국은 '학대가 또 다른 학대'를 낳는다는 결론이다. 하지만 어떤 일이 있어도 학대의 대물림만은 절대로 이어져서는 안 된다. 학대받고 자란 아이들은 사소한 갈등이나 오해도 대화로 풀지 못하여 학교와 군대 혹은 사회 구석구석에서 또 다른 폭력의 고리로 악순환될 수밖에 없기 때문이다.

무엇보다 가장 시급한 현실 과제는 정부에서 적극적으로 나서서 이런 일이 발생하지 않도록 강력한 법적인 제재와 사전방지를 위한 노력이 필요하다. 언제나 소 잃고 외양간 고치듯, 어떤 사건이 터지고 나서야 '○○법'을 만들어 개선하려고 하는 정부정책에 대한 비판 여론도 피할 수는 없다. 따라서 국가에서는 아동폭력에 대한 강력한 법안을 마련하고, 그 지침을 조속히 시행해야 한다. 물론 제재에 앞서 사전방지를 위한 교육이 먼저 이뤄져야 한다.

우선적으로 바람직한 자녀 양육에 대한 인식을 개선하기 위한 교육의 필요성이 요구된다. 그러기 위해서는 학교 교육 프로그램에서 '부모교육' 과목을 필수과목으로 선정하는 것도 고려해 볼 문제이다. 또한 아동이 학대를 받고 있을 때 미리 상담을 받은 후 도움을 요청할 수 있는 치유 프로그램도 필요하다.

그리고 결혼을 앞둔 젊은 남녀들에게 부모가 되기 위한 조건, 혹은 부모가 되어서 해야 할 인성교육을 미리 받고 나서 가정을 꾸리도록 하는 방법도 아동학대를 사전에 방지할 수 있는 방법 중 하나가 아닐까?

아동학대 신고번호가 112로 통합되어 지금은 중앙아동전문보호기관에서 접수를 받고 있다. 무엇보다도 우리 주위에 학대받고 있는 아이에 대한 관심과 학대 현장 발견 시에는 주저하지 말고 신고하는 것도 우리 아이들을 보호할 수 있는 방법이다.

모든 문제는 관심과 사랑이다. 어쩌면 우리는 각박한 삶의 현실에서 사랑이 부재한 어른으로 살아가고 있지 않나 싶다. 그런 의미에서 어른의 한 사람으로서 참으로 부끄럽다. 밥상에서 마주 앉아 있는 내 아이들 얼굴 보기도 미안하고 면목 없다.

가정이라는 울타리 안에서 지혜롭고 성스러운 착지를 잊지 말자. 사람은 사람에게서 생명의 축복과 그 의미를 이어가야 한다. 어른들이여, 모든 행동에는 책임이 따른다는 사실을 꼭 인지하자. 사랑받고 행복하게 자라야 할 우리 아이들 앞에서 부끄러운 모습을 보이지 말자.

02 화합, 사회와의 관계 맺음

"인간은 상호관계로 묶어지는 매듭이요, 거미줄이며 그물이다. 이 인간관계만이 유일한 문제이다."라고 생텍쥐페리는 말했다. 사람은 태어나는 순간부터 타자와 관계를 맺게 되며 결코 혼자서 살아갈 수 없는 존재이다. 가족과 이웃, 사회와 더불어 국가와 국가로 맺어지는 관계에서 무엇보다 중요한 것이 서로 간의 평화로운 관계, 즉 조화와 화합을 잘 이루는 것이다. 공존共存하는 세상에서 행복하기 위한 필수 요건 중 하나인 화합을 잘 이루기 위해 과연 우리는 어떻게 해야 할까? 나 자신만이 아니라 이웃과 더불어 칡넝쿨처럼 얽히고설켜 살아가고 있는 지금의 우리는 평화로운 관계 선상에 서 있다고 할 수 있을까?

세상은 하루도 조용할 날이 없다. 특히 선거철에는 더욱 요란하고 시끄럽다. 가장 많이 떠돌던 말들이 아마도 '소통疏通과 화합和合'일 것이다. 여야를 막론하고 서로 화합하려 들지 않고 상대를 비방하는 고약한(?) 발언들과 무책임한 행동(?)들을 보여주는 일부 정치인들이 우리를 우울하게 한다. 또 그런 선거 유세 장면을 바라보면서 국민들은 단호하고 냉정한 심판을 하게 될 것이다.

우리 정치사를 되짚어 보아도 조정은 늘 당파싸움으로 시끄러웠고, 대大를 위한 당쟁보다는 개인의 욕심과 아집으로 편을 나누고 상대를 헐뜯기가 일쑤였다. 내가 아니면 안 된다는 식의 자기주장만 강하게 내세웠다. 그런데 현대의 정치인들 역시 예나 지금이나 여전히 전혀 다를 바 없다. 나라의 진정한 발전을 위한 정치보다 자기 실속을 차리기 위해 편 가르기로 국민들 마음을 어수선하게 헤집어 놓고 있다.

'행복마을' 이사장인 용타스님은 '화합和合' 이라는 화두話頭를 가지고 10년 동안 명상을 한 후에야 비로소 화합의 길이 희미하게 보였다고 한다. 화합을 위한 3가지 요소를 '화3요和3要' 라고 하는데, 이는 너와 나 사이에 서로 우호감이 높아야 하고, 우호감을 높이는 것으로는 '눈, 모습, 교류' 가 있다고 정의했다.

눈이라 함은 '보는 눈' 을 바르게 하라는 말이다. 내가 상대방을 긍정적으로 예쁘게 바라볼 때 상대방도 나를 바르게 보게 되어 우호감이 생긴다는 것이다. 두 번째 '모습' 이라 함은, 보이는 모습을 바르게 한다는 것이다. 상대방의 말과 행동, 표정까지도 내가 먼저 예쁘게 보고 좋게 생각하려고 노력할 때 상대방도 나를 좋은 눈으로 바라보게 된다는 것이다. 세 번째 '교류' 한다는 것은 보는 눈과 보이는 눈이 바르게 된 후에는 반드시 상대방과 내가 입을 통하여 말을 하고 몸으로 친해짐으로 서로가 소통이 될 때 화합도 잘 이룰 수 있다는 말이다.

즉, 속뜻과 감정을 소통하면서 오해가 있다면 풀고, 불만이 있다면 해소하고, 위로와 격려, 찬탄으로 긍정적인 기류를 형성해야 한다는 것이다. 따라서 화합이 잘 이뤄져야만 자연스럽게 기쁨과 함께 평화가 오고, 화합이 이뤄지지 않으면 오해와 미움, 증오심이 일어나 전쟁도 일어날 수 있다고 하였다. 다시 말하면 "나와 너 사이에 화합이 잘 되려면 우호감이 높아져야 하고, 우호감이 높아지려면 상대방을 예쁘게 보아야 하며, 상대방에게 예쁘게 보이려면 내가 상대방을 바라보는 눈부터 바르게 해야 한다는 것이다. 따라서 보이는 모습 그대로 진정성 있는 소통이 이뤄져야 한다.

'공동체' 란 무엇일까? 공동체의 진정한 의미는 관계 맺음이다. 너와 내가 이웃과 화합하려는 노력이 있을 때 비로소 건강한 공동체의 바탕을 이루는 것이다. 그러므로 우선 나 자신으로부터, 내 가정으로부터의 평화가 있어야 이웃과의 화합이 가능하다.

과일이 햇살과 바람과 비와 적당한 온도가 잘 조화된 환경 속에서 실하게 열매를 맺고 익어가듯 인간관계도 순조롭게 소통하고 나눔과 배려로 상대방을 존중해 줄 때 조화를 이룰 수 있다. 어느 날 갑자기 마음먹고 화합을 이루겠다고 각오해 본들 하루아침에 잘 이뤄낼 수 있는 것이 절대 아니다. 미래의 화합을 위해서 어디서부터 건강한 터를 닦고 튼튼한 기둥을 세워야 할지 다 같이 고민해 보고, 지금까지 우리 사회가 걸어온 길을 되짚어 보자.

화합의 원리는 가정家庭 안에서 생성하고 발현한다. 화합의 기초를 배우는 곳이 바로 가정이다. 집안이 화목하면 모든 일이 잘 이루어진다는 가화만사성家和萬事成 역시 화합의 중요성을 일컫는다. 가족은 소단위 사회다. 이 최소단위 사회 안에서 매일 부딪히며 살다 보면 사소한 갈등이 빈번할 수밖에 없다. 하지만 가족 간에는 사랑하는 마음이 앞서기 때문에 오해와 갈등이 풀리면서 자연스럽게 학습이 된다. 가정이라는 울타리 안에서 사랑을 배우고 자라야 학교에서도 화합을 잘 이뤄내는 원리를 자연스럽게 터득하게 된다. 그래야만 성인이 되어 복잡다단한 사회에서 지혜롭게 갈등을 풀어갈 수 있다.

가정에서 잘 이뤄진 화합이 사회로, 사회에서 잘 조화된 화합은 나라로, 나라에서 잘 이뤄진 화합은 세계로 뻗어 나갈 수 있는 평화로운 장場이 될 수 있지 않을까?

03 섬으로 사는 사람들

"우리는 가족이 없습니다. 화장해서 바다에 뿌려주세요" 어느 노부부가 남긴 마지막 말이다. 백세시대로 접어들면서 노령인구와 1인 가구 형태가 늘고 있지만, 막상 누군가의 도움이 필요한 순간에는 혼자다. 살아있을 때도 혼자, 돌아갈 때도 혼자, 결국 쓸쓸히 홀로 생을 마감해야 한다.

'고독사孤獨死'는 혼자 임종을 맞고 일정한 시간이 지난 뒤에 시신이 발견되는 죽음을 말한다. 최근 언론 보도에 따르면 서울 지역에서 매일 6명 이상이 홀로 쓸쓸히 죽음을 맞이한다고 한다. 그것도 25개 자치구 중 부유층이 거주하는 강남구에서 고독사가 가장 많다는 것은 경제적 문제를 넘어 심각한 사회적 현상임을 보여준다.

'고독사'는 연령을 불문하고 노인들뿐 아니라 중년층으로 55세~59세가 전체의 19.15%로 가장 많다. 점점 연령대가 낮아지고 있다. 더욱더 안타까운 것은 '청년 고독사'다. 청년들의 'N포 세대'가 결국 극단적인 선택으로 이어지고, 청년 사망 원인 중 1위가 자살이라니 얼마나 안타까운 일인가?

이러한 '관계 빈곤'이 대한민국 현 세대의 일그러진 초상이다. '베이버부머' 세대인 오십 대에 은퇴한 남성들이 지병이 있거나 이혼으로 인해 '나홀로족' 즉 '싱글족'으로 살면서 사회 관계망이 단절된 채 복지 사각지대에 놓였을 때 발생하는 현상이다. 이를 개선하기 위해서는 '스몰토크small talk' 즉 작은 대화가 필요하다. 아내나 친구 그 누구라도 좋다. 따뜻한 밥 한 끼 함께할 수 있는 마음 편한 사람과 웃고 대화하면서 관계를 맺어 사회활동 영역을 넓혀야 한다.

현재 정부와 자치단체에서는 65세 이상 독거노인에게는 다양한 복지정책을 마련하여 돌보고 있지만, 65세 이하는 그렇지 않다. 따라서 정부의 대책 마련으로 사회복지 시스템 개선이 시급하다. 대부분 주민센터 직원이나 생활복지사가 기초생활수급자와 독거노인을 방문하여 관리하고 있지만 역부족이다. 따라서 건강 상태를 진단하여 돌봐 줄 간호사나 의료진 등 더 많은 전문 인력이 필요하다.

영국에는 비영리단체인 '실버 라인The Silver Line'이 있다. 실버 라인은 장년층의 외로움을 덜어주고 고독사孤獨死를 막기 위해 24시간 무료전화상담소를 운영하는 곳이다. 이밖에 '에이지 유케이Age UK', '오픈 에이지Open Age', '남자들의 헛간Man's Shed' 등 노인들을 위한 자선단체들이 많다.

우리나라에서는 노인들 스스로 '생존 신고'를 하는 모임을 만들어 일정한 시간에 SNS나 단체 채팅방을 통해 서로의 안부를 묻기도 한다. 또한 셀프 장례도 늘어나 상조회사나 장례 협동조합에 '내가 죽으면 이렇게 진행해 달라'고 생전에 의뢰도 한다.

우리는 누구나 외로움을 피할 수 없다. 따라서 사회 도움이 필요한 문제라는 대중 인식부터 달라져야 한다. 스스로 고독함에서 벗어날

제어능력이 안 되면 주변 사람이나 관계기관에 도움을 요청하는 것도 바람직한 방법이다. 무조건 참고 견뎌내는 것이 미덕이고, 남에게 드러내면 수치스럽다고 생각하는 한국인 특유의 성격 탓에 도움을 요청하지 못하고 생활고와 병고에 시달리다 최후의 선택을 하는 것이 안타깝다.

요즘 들어 정현종 시인이 노래한 '섬'이라는 시구가 뇌리에서 맴돈다. '사람들 사이에 섬이 있다. 그 섬에 가고 싶다.' 생각해 보면 우리 모두 하나하나의 섬으로 존재하는 외롭고 나약한 생명체이다.

섬과 섬을 이어주는 것은 사랑과 관심뿐이다. 이 순간에도 어디선가 홀로 생을 마감하고 있는 사람이 있다.

내 이웃이 안녕하신지, 윗집 어르신이 아침 식사를 하셨는지, 앞집 아이들이 학교에서 돌아왔는지 서로 관심을 가져보자. 아니, 관심을 나눠보자. 이러한 사소한 관심들이 모여서 훈훈한 세상을 만든다.

04 백세시대

'백세인생'이라는 노래가 있다. 이 노래가 유행하기 전에는 '내 나이가 어때서'였다. "내 나이가 어때서, 사랑하기 딱 좋은 나인데…." 그러다 다시 "60세부터 150세까지 염라대왕이 데리러 오거든 아직은 이러이러해서 못 간다고 전해라"는 '전해라' 열풍이 불고 있다. 이는 단순한 멜로디와 함께 누구나 긍정하게 되는 가사 말이 비교적 따라 부르기 쉽고 아이러니한 웃음을 자아내기 때문이다. 하지만 그 안에 담긴 뜻은 아무리 나이가 들어도 더 오래 살고 싶은 인간의 무한한 욕망을 직설적으로 대신 말해 주고 있다.

의학의 발달로 인간 수명은 점점 길어지고 앞으로는 백세 이상 수명연장이 가능한 시대다. 옛 조상들은 환갑 나이인 만 60세까지 살기 힘든 짧은 수명이었다. 그래서 환갑잔치에 인생의 큰 의미를 담기도 했다. 하지만 요즘 환갑을 맞이하면 부부가 여행을 다녀오는 추세로 조용히 넘어가는 편이다. 인생은 육십부터라는 말은 자녀들을 낳아 양육하고 가르치고 출가시킨 후 여러 가지로 좀 한가해질 수 있는 나이가 환갑이기 때문이다.

세계를 빛낸 사람들 중에는 코코 샤넬과 레오나르도 다빈치, 빅토르 위고 등 많은 위인들이 50세 이후에서 70세 중반까지 열정적인 삶을 살면서 이름을 남겼다. J.R.R 돌킨은 62세에 『반지의 제왕』을 발표하여 세계적인 열풍을 일으켰다. 그리고 테오도로 모노라는 여성은 93세에 티베트 산맥으로 마지막 여행을 떠나 생을 마감하였다고 한다. 또한 19세기 일본의 유명한 화가 가츠사카 호쿠사이는 5세 때부터 사물의 형태를 스케치하는 데 열중했고, 50세부터 수많은 그림을 그렸지만 70세가 되어서야 새와 곤충, 물고기의 진정한 특성과 초목의 중요한 본질을 약간 파악했다고 말한다.

나이는 숫자에 불과하다. 나이 듦에 따라서 노쇠해지는 건 피할 수 없지만 육신보다 정신적으로 건강한 삶을 만들어 가는 것은 자기 자신에게 달려있다. '구구팔팔 이삼사', 즉 "구십까지 팔팔하게 살다가 이삼일 앓고 죽어야 한다"는 유머도 있다. 또한 99세를 '白壽', 즉 '百'에서 '一' 한 획을 뺀 글자가 '白'이기에 '백수白壽'라고 부른다. 백수를 누리기에 앞서 대부분 만 60세에 정년퇴직을 하고 나면 마땅히 다닐 곳도 없는 데다가 일자리 구하기는 더더욱 어렵다. 삼포세대라고 하여 '연애, 결혼, 출산'을 포기하는 젊은이들이 늘어나는 마당에 정년퇴직 후까지 젊은이들의 일자리를 차지할 수 없는 상황이다. 거기에 노후대책이 미흡한 노인들이 겪는 고통 또한 이중고가 아닐 수 없다. 젊어서 부지런히 돈 벌어 자식들을 위해 쓰고 나서, 저축할 겨를 없이 건강까지 안 좋다면 노후생활은 살아있는 생지옥이 아닐 수 없다.

백수를 평안하게 누리기 위해서 모두들 노력하고 있는 이때, 각종 복지정책을 개발하고 추진하고 있는 국가에서도 가장 큰 고민 중 하나가 아마도 노인복지정책이 아닐까 생각한다.

그런데 우리나라가 OECD 국가 중 자살률 세계 1위라고 하는 언론사의 통계자료를 보면 슬픈 마음을 지울 수 없다. 고독사孤獨死 혹은 자살률이 높다는 것은 참으로 부끄럽고 심각한 현실이다. 풍요 속의 빈곤이랄까, 물질의 풍요로움이 많아질수록 정신적인 빈곤 현상이 부작용으로 나타나게 되어 소외되고 외로운 이웃에 대한 감정까지 냉랭해지고 있다.

국가는 이미 오래전부터 국민연금, 노령연금, 의료보험제도 등 많은 노력을 해오고 있다. 하지만 늘어나고 있는 노인 인구에 비해 시행되고 있는 각종 복지제도로 뒷감당하기에는 역부족이다. 그렇다고 힘들게 살아가는 젊은이들에게 기댈 수만도 없지 않은가.

늙어서는 '돈'이 힘이라고들 말한다. 그렇다고 돈만이 인생의 전부도 아니다. 건강과 함께 적당히 생을 마감할 때까지 쓸 수 있는 약간의 돈과 진실한 친구 몇 명만 있다면 이보다 더한 부자는 없다.

자식들에게 기대지 않고 젊은이들에게 짐이 되지 않기 위해서는 우리 스스로가 근검절약으로 노후대책을 위해 준비를 해 놓고, 국가와 사회제도에 대하여 긍정적인 마인드로 공동체 안에서 봉사활동을 하면서 꾸준히 이웃과 함께 더불어 살아가는 것이 필요하다.

백세까지 살더라도 건강해야만 자식들에게도 짐이 되지 않고 울타리가 되어 줄 수 있지 않겠는가.

05 갈등葛藤, conflict

　제주도 곶자왈에 있는 환상의 숲에 들어서면 '갈등의 길'이라는 산책로를 만난다. 현무암이 대부분인 돌밭에서 다양한 동물과 식물들이 어우러져 바람 소리를 내고, 꽃을 피우고, 심지어 허공으로 뿌리를 뻗어가면서 살아가는 생명을 보면 많은 생각을 하게 된다. 그중에서 칡과 등나무를 보노라면 우리 인간의 삶이 그대로 읽혀진다. 칡은 왼쪽으로, 등나무는 오른쪽으로 고집스럽게 무언가를 타고 올라가려는 근성을 가지고 있다.

　갈등葛藤, conflict은 칡넝쿨의 갈葛과 등나무 덩굴의 등藤이 풀이된다. 즉 개인이나 집단 사이에 의지나 처지와 상황의 이해관계가 서로 달라서 상대방을 적대시하거나 충돌을 일으켜 어떤 일이나 인간관계가 좀처럼 풀기 어려운 상태를 가리킨다.

　이러한 갈등의 종류로는 '내적 갈등'과 '외적 갈등'으로 나누어볼 수 있다. '내적 갈등'은 심리적 갈등으로 자신의 마음에 담아 놓은 고민이며 자기 자신과 부단히 다투는 상태의 갈등이다. '외적 갈등'은 나와 타인 혹은 그 어떤 대상과의 관계에서 일어나는 갈등을 말한다.

　예를 들면 가족 구성원과의 갈등, 노사 간의 갈등, 빈부 격차로 인한 갈등, 보수와 진보 간의 갈등, 종교적인 갈등, 국가 간 경제적인 격차로 인한 갈등, 가치관의 갈등, 세대 간의 갈등 등, 그 대상이 나와 다른 그 무엇에 있다는 점이 다르다. 따라서 과학 문명이 발달하면 할수록 갈등의 종류 또한 다양하고 복잡해져만 간다.

그런 의미에서 보면 예나 지금이나 세계적으로 가장 큰 문제는 종교 간의 갈등이라 할 수 있다. 세계 곳곳에서 종교 분쟁紛爭이 끊임없이 이어지고 그로 인해 많은 사람들이 목숨을 잃고 불안 속에서 살고 있다.

반면에 국내적으로는 21세기 들어 가장 어수선한 시점인 현재가 갈등이 가장 고조된 상태라 말할 수 있다. 즉 서로가 서로를 불신하고 있기 때문에 매일 쏟아지는 뉴스에 국민들의 원망과 원성도 점점 커져만 간다. 또한 가장 심각한 대화 단절과 소통 부재의 예를 든다면 남북 간의 갈등이다. 북한의 핵 문제로 인한 위협과 주변국과 얽혀있는 상태에서 평화통일을 갈망하는 우리나라와 주변국과의 깊은 갈등은 쉽게 풀 수 없는 난제이다.

갈등을 풀어가는 한 가지 방법으로 바로 '나-전달법I-Message'을 추천하고 싶다. 상대방을 비난하지 않고, 문제가 되는 상대방의 행동과 그 행동의 결과를 구체적이고 객관적으로 기술함으로써 그 행동이 나에게 미친 영향을 구체적으로 상대방에게 전달하는 표현법이다.

대부분 너를 주어로 사용하여You-Message 문제해결을 시도하려고 한다. 하지만 '너-메시지'는 의사소통에서 걸림돌이 되는 대표적인 방법이다. '나-전달법'으로 나의 마음을 상대방에게 전달하게 되면 문제해결뿐만 아니라 두 사람의 관계도 진일보하게 된다.

갈등론자들에 의하면, 갈등으로 인해 오히려 사회 발전에 좋은 기능을 수행하기도 한다고 한다. 즉 사회의 문제점을 드러내 이를 개선함으로써 발전에 기여하고, 다른 집단과의 갈등은 집단 내부의 결속을 강화시킨다는 점에서 약이 될 수도 있다.

이 광활한 우주에서 헤아릴 수 없는 별들을 보라. 모두 제자리에서 서로 충돌하지 않고 돌아간다. 지구도 여전히 한 방향으로만 돌고 있다. 그것은 무엇을 탓하거나 탐내지 않으며 자기의 위치를 잘 지키고 있기 때문이다.

따라서 '평화롭다'는 것은 서로의 자리에서 발생하는 사소한 갈등마저도 자연의 순리에 따라 스스로 풀어가는 것이 아닐까. 그런 의미에서 자기 자신도, 가족도, 나라도, 세계도, 모두가 제자리에서 자기 분수를 지킬 때만이 평화로울 수 있다.

06 느림의 미학

　외국인들이 처음 한국에 와서 가장 먼저 배우는 단어가 아마도 '빨리빨리'일 거다. 어쩌면 우리 국민의 속성을 가장 함축된 말로 표현한 '빨리빨리'는 속도감에 중독되어 뭔가에 쫓기는 사람처럼 살고 있음을 의미하기도 한다.

　"삶은 경주가 아니라, 한 걸음 한 걸음을 음미하는 여행이다(Life is not a race, but a journey to be savored each step of the way)"라고 더글라스 대프트 코카콜라 전 회장이 말했다.

　우리는 지금 인생이라는 여행을 하면서 목적지에 서둘러 도착하여 포토존에서 인증 샷 한장 찍고 바로 돌아오는 관광객은 아닐까? 대부분 사람들은 산 정상까지 오르면서 주변은 돌아보지 않고 사진 몇 컷 담은 후 다시 또 앞만 보고 부지런히 내려온다.

　문명의 이기에 길들여진 속도감 또한 빨라질수록 새롭게 더 빠른 것을 원하게 된다. 그 예로 대부분 아침에 눈을 뜨면서 가장 먼저 들여다보는 것이 스마트폰일 것이다. SNS Social Network Service 정보들을 간단하게 손안에서 자유로이 넘나들 수 있는 시대에 적응하려면 무엇이든 빨리 터득해야만 경쟁 시대에서 뒤처지지 않는 삶을 살 수 있기 때문이다. 작은 손 안에 알람시계도, 일정표도, 중요한 사진도, 메시지도 모두 담겨 있고, 매일 홍수처럼 쏟아져 오는 문자나 정보들을 주고받으면서 서로 소통한다. 하지만 빠른 만큼 인간관계는 얽히고 설켜 더욱더 복잡해지고 있다. '조금만 여유를 갖고 대했더라면, 조금만 더 생각하고 서두르지 않았더라면 이런 실수는 하지 않았을 것인데'라면서 후회하는 일이 잦아졌다. 그로 인해 받는 스트레스 또한 많을 수밖에 없다.

얼마 전 수술실에서 간단한 시술을 하고 나와서 마취가 완전히 풀리지 않은 걸 모르고 잠시 몇 시간 동안 쌓였을 휴대폰 속의 문자가 궁금해 들여다보게 되었다. 그중 하나의 문자를 읽고 나서 평소에 속을 터놓고 주고받는 지인에게 좀 못마땅한 사람에 대한 불만을 털어 놓으려고 카톡방을 열었다. 그리고 둘이 주고받는 문자이니 편안하게 존칭을 생략하고 이름만 넣어서 몇 마디 보냈다.

문자가 전송된 후 곧바로 아연실색했다. 어쩌면 좋은가! 잘못해서 하필 그 불만의 당사자에게 그대로 전송되고 만 것이다. 지금이야 5분 안에 삭제하면 상대방이 열기 전에는 보내기 취소가 되지만 그 당시에는 카톡으로 보낸 문자는 절대로 취소가 안 되는 때였다. 문자를 쓴 다음에 수신인을 확인하고 조금만 천천히 보냈더라면 이런 큰 실수는 없었을 건데 하고 후회하며 안절부절못하였지만 돌이킬 수 없는 상황이 되고 말았다.

자기 작품을 과소평가하였다고 당장 쫓아오겠다며 밤 11시에 전화를 걸어 난리를 치는 바람에 시술 후 회복 중인데도 몸을 챙기지 못하고 바로 퇴원을 한 후 불안한 몇 날을 보내게 되었다. 그 충격 이후 '느림의 미학'에 대하여 생각하면서 매사 한 박자만 천천히 가려고 마음먹고 있다.

세상은 속도를 중요하게 여기는 사람들의 생각에 따라 삶의 양식도 많이 바뀌고 있다. 그 예로는 패스트푸드, 자판기, 속성으로 재배되고 있는 농축산물, 아이들 선행학습 그리고 수시로 새로운 모델로 바뀌는 제품의 유혹으로 아직 쓸 만한 데도 바꾸어야만 직성이 풀리는 컴퓨터와 휴대전화, 자동차 등, 이 또한 속도가 낳은 부작용의 산물이 아닐까?

〈서유journey to the west, 西遊〉라는 차이밍량 감독의 영화는 속도에 중독되어 정신없이 앞만 보고 달려가려는 현대인들의 삶에 무엇이 필요한가를 말해 주고 있다. 이 영화는 누워 있는 한 남자의 얼굴을 전체 화면에 부각시키면서 시작된다. 영화가 좀 지루하다 싶으면 붉은색 승복을 걸치고 걷기 수행을 하는 한 스님이 나온다. 스님은 지루할 정도로 느리게 걷다가 주위 사람들에게 관심을 끌지만 아랑곳하지 않고 혼자서 묵묵히 자기 길을 간다. 비록 대사 한마디 없지만, 스님을 통해서 의식 있는 느림을 관객들에게 주문하고 있다. 마치 슬로시티를 연상하는 스님의 걸음걸이를 통하여 많은 것을 깨닫게 된다.

슬로시티는 민간에서 주도하는 범지구적인 운동이다. 1999년 이탈리아에서 처음 시작된 것으로 공식 명칭은 치타슬로Cittaslow이다. 이는 '느리게 살기 미학'을 추구하는 도시를 가리킨다. 빠른 속도와 생산성만을 강요하는 빠른 사회Fast City에서 벗어나 자연·환경·인간이 서로 조화를 이루며, 여유롭고 즐겁게 살자는 취지에서 시작되었다.

우리나라에도 전라남도 신안, 완도, 장흥, 담양, 경상남도 하동, 충청남도 예산 등 여러 곳이 슬로시티Slow City로 지정되어 있다. 특히 완도군 청산도는 옛 음식과 삶의 방식이 고스란히 남아 있다고 평가받아 지난 2007년 12월에 아시아 최초의 슬로시티로 지정된 곳이다.

자연환경과 전통문화를 보호하고 여유와 느림을 추구하기 위해 '빨리빨리'의 조급함에서 벗어난다면 유유자적하고 풍요로운 도시를 만들어 지속가능한 발전을 이룰 수 있지 않을까?

속도가 기계의 시간이라면 느림은 자연의 시간이다. 아무리 초고속 디지털 전자 문명 시대에 살더라도 느림이 갖는 미학적 의미와 가치를 음미해 본다면 아날로그적인 시각으로 자연의 이치에 따라 순리대로 살아가는 것도 의미 있는 아름다운 삶이다.

애완동물, 더불어 삶

1~2인 가구가 늘어나면서 반려동물과 함께 사는 가정이 급증하고 있다. 우리나라도 반려동물 키우는 인구가 1000만 명 시대가 되어 4가구 중 1가구가 반려동물과 함께 살고 있다고 한다. 인간이 동물에게 애정을 쏟는 가장 큰 이유는 정서함양에 도움이 되기 때문이지만 무엇보다도 외로움 때문이다.

1983년 오스트리아 빈에서 '인간과 애완동물의 관계' 라는 주제로 열린 심포지엄에서 처음 제안한 반려견과 반려묘로 사람과 더불어 살아가는 동물의 총칭을 반려동물伴侶動物 혹은 '애완동물愛玩動物'이라고 칭했다. 이말에는 사람들의 장난감이 아니라는 의미도 포함되었다고 한다.

흔히 밀레니엄 세대라고 불리는 사람들은 결혼과 출산을 늦추면서 아이의 빈자리를 채우기 위해 반려동물을 키우기도 한다. 그중에서도 개는 사람들에게 무조건적인 사랑을 주기 때문에 마치 친자식처럼 여긴다.

나 역시 5년 전에 아이들의 강력한 요구에 마지못해 '통이' 라는 몰티즈 한 마리를 입양해서 기르고 있다. 얼마나 영리하고 사랑스러운지 우리 가족의 사랑을 독차지할 만큼 집안 분위기를 바꿔놓은 계기가 되었다. '통通' 즉 가족 간의 소통을 잘하자는 의미로 이름을 '통이'라고 지어서인지 가족들과 공통 화제의 이야깃거리가 많이 오가고 있다. 그런데 아직은 처음 키워보는 반려견이라서 잘 모르지만 주변 사람들 이야기를 들어보면 강아지도 늙게 되면 치매도 오고 몸이 쇠약해져 배변 실수도 잦다고 한다. 통이의 미래가 걱정도 되지만 이미 가족이 된 이상 통이의 생명이 다하여 내 곁을 떠나는 날까지 함께 할 각오를 하고 있다.

얼마 전 쓰레기봉투 속에 버려진 유기견이 저체온증으로 죽었다는 뉴스를 접하면서 남의 일이 아니란 것을 알았다. 아직 숨결이 붙어있는 개를 병이 들어 병원비가 많이 들고 더 이상 보살피기 힘들다 하여 버릴 수밖에 없었던 이유야 따로 있겠다 싶지만, 가족이라고 생각한다면 어찌 그런 행동을 할 수 있겠는가?

또한 길고양이를 중성화 수술을 하면 한 마리당 7만 원씩 준다며 고양이 귀를 잘라 표시를 하라고 하니까 실제로 수술은 하지도 않고 귀만 자른 뒤 사진 찍고 돈을 받아 가는 비양심적인 사람들도 있다는 뉴스, 혹은 명절 때 고속도로 휴게소에다 마구 버린 반려동물들의 안타까운 소식은 우리를 더욱 슬프게 한다.

사람이든 동물이든 생명의 존엄성에 대한 인식 개선이 시급하다. 피를 나눠 준 자식도 버리는 세상에 강아지 한 마리 버리는 일에 고민할 겨를이 있겠냐마는 그저 나 좋아서 마치 자판기에서 커피 한 잔 받아 마시는 기분처럼 반려견을 입양하는 일은 없어야겠다. 이처럼 나중을 생각하지 않고 고민 없이 입양하고 쉽게 버리는 것에 미련이 없는 냉혈 인심이 우리 사회에 그늘을 드리우고 있다.

그런 의미에서 불교의 윤회설輪回說은 의미심장하다. 나도 강아지를 입양하기 전까지는 동물에 그다지 애정을 느끼지 못했었다. 그런데 반려견이 가족 구성원에 포함된 이후 이 작은 동물의 머리와 가슴에도 사랑과 정이 있고, 의리가 있다는 것을 깨달았다. 그 후 동물이 인간에게 주는 사랑법을 배우고 있다.

유기동물보호협회에서 학대나 버려진 동물들을 수시로 찾아서 보호하고 있으나 전국 곳곳에는 아직도 많은 동물들이 버려지고 있다. 심지어 좁은 철창 안에서 굶어 죽어가는 사례들도 끊임없이 벌어지고 있는 현실에서 도움의 손길이 많이 필요하다. 동물을 사랑할 자격이 없는 사람들이 말 못하는 동물이라고 해서 일시적인 욕구를 충족한 후에 쓸모없어지면 쉽게 버린다. 이에 대한 대책 마련보다 시급한 것이 바로 생명에 대한 인식 개선의 필요성이다.

아무리 각박하게 돌아가는 세상이지만 우리는 어디까지나 생명을 존중할 줄 아는 인간이라는 관점에서 동물을 바라보아야 한다. 결국 인간과 동물이 같은 하늘 아래서 땅을 밟고 나란히 공기를 나누어 마시며 더불어 살아가는 것이다.

08 No kids zone과 Yes kids zone

'어린이날'에는 아이들을 데리고 마땅히 갈 만한 곳을 찾기 힘들다고 한다. 어린이는 어른들의 모습을 보고 자라면서 모방과 창의력을 통해 배우고 성장한다. 미래의 어린이들은 제4차 산업혁명에 따라 인공지능 교육을 받으면서 예전 어린이들보다 더 빠르게 성장해 나갈 것이다. 몇십 년 후에 그들이 성인이 되었을 때는 지금 우리들이 해결하지 못한 여러 가지 난제들을 잘 해결해 나가고 우리의 노후까지도 책임지게 될 미래의 꿈나무들이다.

요즘 국가 주요 정책의 하나로 가장 시급한 것이 바로 '저출산 문제 극복'이다. 점점 인구수가 줄어드는 마당에 청년들은 결혼을 미루고 결혼해도 자녀 출산을 두려워하고 있다. 잘해야 1~2명 출산하는데 그럼에도 자녀 양육에 드는 비용은 예전에 4~5명씩 낳아서 기를 때보다 더 힘들고 어려운 여건이다.

대부분의 젊은 부모들은 맞벌이를 하면서도 틈틈이 자기 아이에게 최선을 다하고자 하지만 사회 환경과 경제 여건은 그리 만만치 않다. 예를 들면, 주말에 아이들을 동반하여 외식이라도 할라치면 함께 식사하고 놀아줄 마땅한 공간이 별로 없다. 또한 아이를 다 키운 사람들 입장에서 보면 아이들이 식당에서 마구 떠들거나 시끄럽게 돌아다니면서 어수선하게 노는 모습을 긍정적인 시선으로만 바라보는 게 쉽지는 않다.

'어차피 내 돈 내고 왔는데 무슨 상관이냐'는 생각과 '우리 아이는 이럴 수도 있지' 하고 다른 사람에 대한 배려심이 매우 인색하다는 점 때문이다. 그렇기 때문에 어린이를 둔 부모 입장과 그 반대 입장에 놓인 사람들과는 서로 논란의 여지가 많다. 자기 자녀에 대한 관대한 관점에서 주위 사람을 의식하지 않는 젊은 부모들의 몰지각한 행동으로 인해 선입견이 생겨 그렇지 않은 부모들이 피해를 당하는 사례도 많다.

업소 주인의 입장에서 바라보는 시각 또한 틀린 것만은 아니다. 위험하게 뛰어다니는 아이들을 통제하지 않고, 식탁이나 탁자 위에서 기저귀를 갈아 주거나 주변을 쓰레기로 어질러 놓고 가버리는 사람들 때문에 어린이를 동반하는 것을 마냥 반길 수는 없을 것이다.

그러면 부모들이 맘 놓고 어린이를 동반하여 식사도 하고 차도 마시고 함께 아이를 키우는 부모 입장에서 함께 소통할 수 있는 장소는 없을까?

요즘에는 '키즈 가든', '팩토리670', '바오스 앤 밥스' 등 여러 곳에서 아이를 동반하여 책도 읽어주고 장난감을 갖고 함께 놀거나 즐길 수 있는 시설을 가진 영업점이 늘어나고 있다. 하지만 그런 곳을 이용하려면 비용과 거리가 만만치 않기 때문에 극소수만 이용할 뿐이다. 하물며 동네 H플러스에 가보면 어린이 놀이시설을 갖추고 운영하지만 이용료가 그다지 싼 편이 아니라서 할머니를 따라 왔던 꼬마가 놀이시설 안으로 들어가고 싶어서 한참 동안 떼를 쓰다 데굴데

굴 뒹굴며 우는 모습을 보았을 때 안타까운 마음으로 돌아왔다.

이러한 문제점들을 해결하려면 우선 공공시설을 자유롭게 이용할 수 있도록 국가나 지방자치단체에서 어린이와 부모들이 함께 할 수 있는 시설을 확충해 주었으면 하는 바람이다.

예를 들면 동 주민센터나 공공시설을 이용하면서 간단한 식사나 간식도 저렴한 가격으로 사 먹을 수 있도록 공간을 마련해 준다면 아주 가깝고 편리하게 이용할 수 있을 것이다. 부모가 아이들과 함께 책도 보고, 그림도 그리고, 장난감을 가지고 놀아줄 수 있다면 일거양득이 아닐까? 그 공간에서 지역 주민들끼리 대화도 나누면서 서로 소통의 장으로 만들어 갈 수 있기 때문이다.

그나마 다행인 것은, 'No kids zone'에서 어린이 동반 입장을 반대하는 업소가 늘어나는 반면에 'Yes kids zone', 'Welcome kids' 또한 점점 늘어나고 있다는 것이다.

어린이는 미래의 꿈이고 자산이며, 나라의 기둥이다. 어린이들이 안전하게 뛰어놀고, 부모와 함께 언제 어디서나 자유롭게 이용할 수 있는 무료 공간이나 시설을 확충한다면, 이러한 'kids zone'에 대한 시시비비 또한 사라질 것이다.

09 이안류離岸流, rip current

여름철 피서지避暑地로 대부분의 사람들은 가장 먼저 바다를 선택한다. 하지만 피서지는 잘 찾아다니면서 막상 피서지에서 우리의 생명을 위협하는 위험한 것들에 대해서는 안전 불감증인 사람이 많다.

휴가철마다 의외로 예상치 못한 곳에서 사건사고가 많이 발생하곤 하는데, 그 이유가 그런 일이 나에게는 거의 일어나지 않을 거라는 안일함 때문이다. 또한 뉴스를 통해 사건사고를 보면서도 마치 남의 일처럼 쉽게 넘겨버려 방심하고 있다가 피해를 당하고 나서야 깨닫게 된다. 그중 하나가 바로 이안류離岸流, rip current로 인한 해변에서의 사고다.

이안류는 해빈海濱과 수직하거나 산발적으로 몇 분 동안 바다 쪽으로 흐르는 폭이 좁고 빠른 해류로서 역조riptide라고도 한다. 이안류를 저류低流 때문이라고 생각하나 이는 잘못된 생각이다. 대부분 수영사고의 원인이 되기도 하지만, 조석과는 관련이 없이 일어나는 현상이다.

그 대표적인 곳이 바로 해운대해수욕장이다. 해운대해수욕장은 지난 3년간 276일 개장일 중에 103일인 37%가 이안류가 발생된 곳이다. 많은 사람들이 이안류로 인해 피해를 당하고 있으면서도 공포의

파도 속에서 물놀이를 즐기는 사람들이 이안류에 대한 기초적인 상식조차 전혀 모르고 바다로 몰려든다.

'바다의 물귀신' 이라는 이안류에 대한 안내 표지판이라든가, 이안류에 대한 설명조차 쉽게 찾아볼 수가 없다. 그렇기 때문에 사람들은 이안류의 위험성을 제대로 인지하지 못한다. 또한 이안류에 휩쓸리게 될 경우 대처요령도 알려주어야 하고, 수상안전 요원의 지시에 따라 헤엄쳐서 빠져나오도록 사전에 안내도 해 주어야 한다. 그렇다면 헤엄을 치다가 이안류를 만나게 되면 어떻게 해야 하는지에 대해 먼저 알아보도록 하자.

이안류는 1m/s(2kn) 정도의 빠른 속도로 흐르며 연해 쪽을 향해 60~760m까지 확장된다. 파도의 포말이 갑자기 주변보다 적어지고 잔잔해지면 스스로 이안류 발생을 의심하고 얼른 대비해야 한다. 헤엄을 치다가 이안류에 말려들면 대부분의 사람들은 해류를 거슬러 직접 해안 쪽으로 수영을 시도한다. 그러나 해안 쪽으로 오기도 전에 소용돌이에 휘말려 많은 사람들이 동시에 휩쓸려 가버린다. 따라서 해변과 평행하게 수영하면서 조류의 흐름이 바뀌길 기다리는 것이 최선의 방법이다.

만약에 이안류에 말려들면 당황하지 말고 침착하게 역방향이 아닌 측면으로 45도 각도로 해안을 향해 대각선 방향으로 헤엄쳐 나오거나 물살에 몸을 맡긴 채 구조를 기다려야 한다. 해안에서 놀 때는 구명조끼 착용은 물론 안전수칙을 잘 지켜야 하며, 해양경찰이나 해안경비대 및 감시 요원들의 통제에 잘 따라야 한다.

이안류는 파도가 있는 모든 해변에서 발생할 가능성이 높다. 하지만 우리나라 대부분의 해안에서는 아직도 이안류에 대한 안전 수칙, 안내 표지판이나 유의사항 등이 제대로 갖춰지지 않았다. 이는 매우 유감스럽다. 7~8월 여름철 피서지로 바다를 찾는 사람들에게 이안류에 대한 안전사고 교육과 대비책을 반복하여 주지시켜 준다면 많은 사람들이 더 이상 이안류에 피해를 입지 않을 것이다.

우리 인간관계에서의 이안류는 무엇일까?

무심코 생각 없이 따라나섰다가 행여 그릇된 곳으로 휩쓸려 간 적은 없는지? 여기저기서 터지고 있는 사건사고들을 보면 안전 불감증으로 인한 인재가 가장 크다. 뉴스를 보면서 마치 남에게서만 일어나는 일이라고 방심하고 넘겨 버린 적은 없는지? 해변에서 일어나는 이안류를 통하여 인간관계에서의 이안류에 대해서도 고민해 볼 수 있었으면 한다.

10 마르틴 부버, 만남과 신뢰성 회복

마르틴 부버Martin Buber는 『나와 너』에서 "참된 삶은 곧 만남이다" 라고 했다. 사람과 사람의 만남, 사람과 사물 혹은 그 어떤 존재와의 만남에 있어서 우리는 서로 관계를 맺고 살아간다. 그러기에 모든 만남으로 관계를 맺을 때 가장 중요한 것이 바로 신뢰성信賴性 reliability이다.

우리는 고도산업사회에서 경이로운 과학기술문명의 혜택을 누리며 살아가면서 소통 관계를 상실해가는 시대에 살고 있다. 사람과 사람 사이 혹은 사람과 그 어떤 것과의 관계가 원만하지 못하고 각박한 일상에서 불안감을 스스로 만들어가고 있는 것이다. 또한 자본주의의 물질중심 문화는 인간의 가치와 존엄성을 잃어버리고 인간 상실, 인간 소외라는 결과를 낳다 보니 이런 위기에서 그 원인은 무엇이며 신뢰성을 회복하기 위한 방법은 무엇인가라고 되묻지 않을 수 없다. 이런 비극적 상황은 인간관계가 깨지는 데서 오기 때문에 인간 회복을 위해서는 '나와 너'의 참된 관계가 이루어져야 한다.

'촛불 집회'와 '태극기 집회'를 통해 감정을 표현하는 국민들의 격앙된 목소리 역시 서로 간의 불신이 빚어낸 갈등이다. 사드 배치로 인한 중국의 거만한 태도와 독도를 넘보는 일본의 오만방자함, 북한의 핵 문제, 심지어 러시아의 영공 침해까지 우리가 넘고 넘어야 할 높은 산이다. 조금만 틈이 보이면 그 틈을 이용해 침략하려는 이웃 나라들의 근성은 예나 지금이나 다름없이 이어지고 있다. 그런데 단합해서 외적을 막아내기도 벅찬 현실에서 국민 서로서로 불신하고 있으니 참으로 개탄하지 않을 수 없다.

정치적인 갈등 문제는 어제오늘의 일이 아니지만, 똘똘 뭉쳐서 한목소리와 한 방향으로 나아가기 위해서 서로를 믿고 지켜보면서 새로운 지도자를 공정하게 선출하는 것도 신뢰성 회복이라 하겠다. 또한 국가 지도자는 국민을 신뢰하고, 사익을 추구하기보다는 국민들을 먼저 생각하고, 자기를 희생해서 후대에 길이 남을 빛나는 인물이 되어주기를 바라는 마음이다.

한때 삼성전자는 휴대폰 갤럭시7을 출시하자마자 배터리 결함 문제가 발생해 큰 충격에 빠졌었다. 그것은 출시 당시에 LG전자와 아이폰사와의 경쟁에서 시간을 다투던 시기라서 서두를 수밖에 없었을 것이다. 하지만 출시 전에 확인, 검증과정을 꼼꼼히 하였다면 그러한 큰 오명을 피할 수 있었을 것이다. 한번 신뢰가 깨진 제품은 신뢰 회복이 어려워 결국 커다란 손실을 초래하더라도 폐기처분할 수밖에 없다. 하지만 가속 스트레스 테스트를 제대로 했다면 이런 실수를 하지 않았을 것이라는 전문가 의견도 있었다.

사람도 별반 다르지 않다. 사람에게도 기계에 적용하는 '가속 스트레스 테스트' 단계를 거쳐서 지도자를 뽑는다면 훌륭한 사람을 선택할 수 있지 않겠나 하는 생각이 문득 든다.

가속 스트레스acceleration stress는 갑자기 속도를 높일 때 움직이고 있는 인체에 나타나는 생리적 변화를 말한다. 즉 사람의 성품은 유전적인 소양과 자라온 환경이 다르기 때문에 어떤 상황에 따라 스트레스를 받게 되면 약점이 나타나고, 그에 따른 판단능력과 행동도 제각기 다르게 표출된다.

심지어 자기 우월감에 빠져서 어떤 단체에서든 자기가 수장 노릇을 해야만 한다면서 자기 잣대로 남을 폄하하던가, 뜻대로 이뤄지지 않으면 수단과 방법을 가리지 않고 상대방을 밟고 올라가서라도 목적을 달성하기 위해 남을 해치려는 사람이 주변에도 있다. 이런 사람에게 가속 스트레스 테스트라는 걸 미리 적용시킨 후 자신의 모습을 스스로 평가받게 되면 자기의 약점을 이용해서 이 사회를 어지럽히지도 않을 것이며, 우리가 그런 사람을 지도자로 뽑지도 않을 것이다. 그리고 격추된 자기 자신의 신뢰성을 회복하기 위해 이 테스트 결과에 따라 새롭게 변화하는 계기가 되지 않을까 생각한다.

신뢰성은 인간관계에 있어서 가장 중요한 덕목이다.

한번 잃으면 쌓는 시간보다 훨씬 더 많은 노력이 필요하다. '소 잃고 외양간 고치'는 격의 신뢰성 회복은 절대 불가능한 현실이다.

11 4차 산업, 사람을 바꾸는 교육

페스탈로치J.H Pestalozzi는 "세상을 바꾸는 힘은 사람에게 있고, 사람을 바꾸는 것은 교육에 있다."고 하였다. 유난히 교육열이 높은 우리나라 사람들은 신학기만 되면 교육에 관한 다양한 정보를 수집하려든다. 학부모들의 교육에 대한 열정은 예나 지금이나 변함없지만 4차 산업혁명의 변화에 따른 미래 교육에 대한 인지도가 그다지 높은 편은 아니다.

세계경제포럼이 발표한 '일자리의 미래' 보고서에 따르면, 2020년까지 로봇공학, 빅데이터, 바이오, 3D 프린팅 등의 분야에서 일자리 200만 개가 증가하고, 현재 초등학교에 입학한 아이들의 65%가 지금은 존재하지 않는 전혀 새로운 형태의 일자리에 종사하게 된다고 하였다. 그 예로서 로봇커피머신이 주문에서 뒷정리까지 마무리를 하고, 자율주행자동차와 로봇반주기의 등장은 물론 로봇의사가 빅데이터 무인진단을 하게 되어 현재 의사의 20%만이 살아남게 될 것이라고 하였다.

21세기 미래 교육은 사람과 기술, 과학과 인문학이 함께 조화를 이루는 융복합시대로서 세계가 급격히 변화하고 있다. 이에 따라 우리나라 교육정책도 서둘러서 바꿔야 한다. 그렇다면 4차 산업혁명에 따른 현 정부의 교육정책 개선과 아이들을 대하는 학부모들의 태도, 그리고 교사들의 역할은 무엇일까?

4차 산업혁명 시대는 정보에 대한 격차가 생기기 때문에 공평하고 정의로운 교육이 필요하다. 교육도 빅데이터의 활용 여부에 따라 데이터를 공평하게 사용해야 하고, 국가와 기업 간에도 데이터 소유량에 따라 정보 격차를 줄여야 한다. 즉 기업은 스펙을 가진 인재를 찾는 것이 아니라 어떤 문제를 해결해 나갈 수 있는 능력에서 인재상을 찾았으면 한다.

우리나라 교육 혁신의 최우선 과제는 단순 지식 암기형 인재발굴이 아니라 개인별 맞춤화된 교육으로서 창의적이고 감성적인 교육을 통해 참다운 인간을 발굴했으면 한다.

앨빈 토플러는 한국의 학생들은 학교와 학원에서 미래에 불필요한 지식과 존재하지도 않을 직업을 위해 하루 15시간을 낭비한다고 하였다. 이는 주로 암기와 주입식 교육을 받고 시험이라는 과정을 통해 서열화를 내세우는 입시경쟁으로 학생들과 학부모들이 시달리고 있는 것을 꼬집은 것이다.

다음으로 교사로서의 역할에 대하여 알아보자.

대부분의 교사들은 국가가 만든 교육과정을 가지고 주입식 암기 교육방식으로 진행하다 보니 공교육에 대한 여러 가지 불신을 극복할 수 없다. 현 교육체제에 안주하지 말고 다양한 변화를 연구해야 한다. 즉 교사들은 아이들이 생각하는 교육을 하도록 이끌어주어야 한다. 생각하는 힘은 곧 상상력의 소산이라 할 수 있기 때문에 지식의 양이 아니라 학습능력으로 '생각하는 힘'을 경쟁력으로 키울 수 있도록 해야 한다. 그리고 교사는 단순히 지식 전달자나 아이들의 가이드 역할보다는 친구와 같은 동반자 역할이 필요하다. 기초과정은 로봇에게서, 심화과정은 인간 교사에게서 우리 아이들이 잘 적응할 수 있도록 해야 한다.

요즘 아이들은 가정과 학교, 사회에서의 지식습득 과정이 SNS로 인해 그 장벽이 빠르게 무너지고 있다. 교사와 부모들이 예전에 터득한 학습 방법과 지식으로는 학습 도우미 역할은 물론 대화조차 어렵다. 따라서 아이들이 창의적으로 자랄 수 있도록 협업과 융합의 시대에 맞추어서 인간관계를 만들어 갈 수 있도록 하는 부모들의 역할도 중요하다. 그저 우리가 알고 있는 지식 안에 삶에 대한 정답이 있다는 생각으로 자녀들을 억압적으로 가르치려 들거나 섣부른 판단으로 아이들의 창의력과 감성을 간섭하지 말아야 한다.

4차 산업혁명 시대의 핵심은 바로 사람이다. 미래는 사람과 로봇이 함께 상생하는 교육환경으로 바뀌게 되며 아이들은 4차 산업혁명의 주역이 될 것이다. 이에 따라 정부에서는 미래를 제시할 수 있는 교육 모델을 만들기 위해 교육제도 개선에 주력해야 한다.

12 프레임frame

'프레임frame'이란 용어는 '기본 틀과 뼈대'라는 뜻으로, 우리가 가지고 있는 관점이나 생각의 틀을 말한다. 어떤 병에 물이 절반이 들어 있을 때 A는 "절반밖에 안 남았네."라고 하였고, B는 "절반이나 남았네."라고 하였을 때, B는 A에 비해서 긍정적이고 낙천적인 성격을 갖고 있다고 볼 수 있다. A와 B의 해석 차이는 두 사람이 갖는 프레임이 다르기 때문이다. 즉 동일한 현상도 관점에 따라 전혀 다르게 볼 수 있는 것이다.

또 다른 예를 들어보자. 두 사람이 예배를 드리러 가는 길이었다. 그중 한 사람이 물었다.

"이봐 친구, 기도 중에 담배를 피워도 된다고 생각하나?"

"글쎄, 잘 모르겠는데. 랍비한테 물어보는 것이 어때?"

두 사람이 랍비에게 다가가 물었다.

"선생님, 기도 중에 담배를 피워도 되나요?"

랍비는 정색을 하면서 대답했다.

"형제여, 기도는 하나님과 나누는 엄숙한 대화인데 기도 중에 담배를 피우다니, 그럴 수는 절대로 없다네."

먼저 말을 꺼낸 친구가 말했다.

"이 친구야, 네가 질문을 잘못해서 그런 거야. 내가 다시 물어볼 게."

"선생님, 담배를 피우는 중에 기도를 하면 안 되나요?"

랍비는 환한 미소를 띠며 말했다.

"형제여, 기도는 때와 장소가 필요 없다네. 담배를 피우는 중에도 얼마든지 기도는 드릴 수 있다네."

이 두 사례를 통해서 결국 우리가 어떤 관점에서 바라보느냐에 따라 답이 달라진다는 것을 알 수 있다. 즉 생각의 틀을 바꾸면 불행도 행복으로 다르게 느낄 수 있다. 따라서 원하는 답을 얻으려면 질문도 달리해야 한다. 이것이 프레임의 법칙이다.

자기의 고집스런 생각의 틀을 바꾸면 습관도 바뀌고, 습관이 바뀌면 세상이 바뀌어 희망적인 삶으로 발전할 수 있다. 흔히 사람들은 프레임을 '마음가짐' 정도로만 생각하는데, 프레임은 단순한 마음 먹기가 아니다. 그것이 습관으로 자리 잡을 때까지 리프레임 과정을 끊임없이 반복해야 한다. 오해와 편견으로 가득 찬 세상에서 나와 타인을 이해하고 더 나은 삶을 창조하는 지혜와 겸손을 장착하는 것, 이것이 곧 우리가 프레임을 배워야 할 이유다.

우리는 혹은 나는 지금 어떤 프레임에 매달려 있는가?

어렸을 때는 어른이 되면 저절로 인생의 깊이를 깨닫게 되고, 자연스럽게 다른 사람에게도 관대해지고 지혜로워질 것으로 생각하였다. 하지만 지금의 모습은 어떠한가? 그때보다 나이가 들어 몸집은 커지고 아는 것도 많아졌지만, 정신적으로도 크게 성장하였는가?

우리나라 사람들을 보면 대장大將이 너무 많지 않나 싶다. 작은 민원을 가지고도 시장이나 군수를 바꿔 달라 큰소리치거나 자기가 제일 똑똑하고 잘나서 왕자, 공주, 귀족, 지휘자처럼 호령하려는 사공들이 많다. 법과 질서에 우선하여 따라야 하는데 서로 우두머리만 되려 한다. 이러다 보면 결국 공동체는 무너지고 적과 동지만이 판을 칠 것이다. 그리고 가난한 것은 부자들이 있기 때문이라는 의식과 기성세대와 젊은 세대, 기업과 노조, 가진 자와 덜 가진 자의 대립과 투쟁이 난무해 결국 우두머리만 되려고 판치는 세상이 될 것이다.

예를 들면, 핵 폐기시설 반대 시위, 납골당 설치 반대 시위, 쓰레기 소각장 반대 시위 등 그저 시설은 싫고 혜택만 달라고 요구하는 모순된 삶을 추구하려는 것이다. 이해와 배려는 없다. 그저 나만 잘살면 그만이고, 내가 조금이라도 손해를 보게 되면 절대 용납이 안 되는 이기적인 프레임에 갇혀서 산다.

조지 레이코프가 발표한 프레임 이론Frame theory에서 '프레임' 이란, 현대인들이 정치·사회적 의제를 인식하는 과정에서 본질과 의미, 사건과 사실 사이의 관계를 정하는 직관적 틀을 뜻한다. 정치계에서 선거 전략상으로도 프레임은 중요한 의미가 있다. 그리고 정치적 상황을 유리하게 이끌 때도 프레임은 유용한 도구가 된다. 전략적으로 짜인 틀을 제시해 대중의 사고 틀을 먼저 규정하는 쪽이 정치적으로 승리하며, 이 제시된 틀을 반박하려는 노력은 오히려 해당 프레임을 강화하는 딜레마에 빠지게 된다고 하였다.

선거를 앞두고 대선 후보들은 각자 본인이 유리한 지형에서 싸우며 전장을 만들어가고 있다. 국민들에게 어떤 기준에서 후보를 뽑아야 하는지를 어떻게 설득하느냐에 따라 그 판도가 달라질 것이다. 결국 프레임을 유리하게 설정한 후보들만이 대권을 거머쥐게 될 것이다. 따라서 선거도 프레임 전쟁이라고 할 수 있다.

결국 세상을 바라보는 마음의 창인 '프레임'은 어떤 문제를 바라보는 관점 혹은 세상을 관조하는 사고방식, 세상에 대한 비유, 사람들에 대한 고정관념 등으로 '자신의 한계를 깨는 마음을 다스리는 법칙에 잘 따르는 사람만이 성공적인 삶을 이끌어낼 수 있다.

제 2 장

관계와 사회

메주꽃

한상림

평생 콩농사를 짓던 어머니
아파트 베란다 창살에
줄줄이 메주덩이 매달아 놓으셨다
인큐베이터 양파망에 담긴 미숙아들
검버섯 핀 어머니의 손은 발효기다
볏짚에서 보름 동안 엎치락뒤치락 다독여
볕에 내걸면 곰삭은 꽃눈이 튼다
송글송글 찬이슬이 땀방울처럼 맺히고
정월 찬바람에 쩍쩍 터지는 몸통 사이로
콩타작 도리깨질 소리 엇박자로 흘러나오면
오래오래 숙성된 어머니처럼
활짝, 메주꽃이 핀다

01 관태기와 카.페.인

'카.페.인 중독'이라는 말을 처음 들었을 때 커피 음료 중독이 먼저 떠올랐다. 카.페.인은 '카카오스토리, 페이스북, 인스타그램'을 말한다. 그러니까 요즘 젊은이들이 '관태기'란 용어와 함께 만들어 낸 신조어이다.

'관태기'란, 관계와 권태의 합성어로 인간관계에 피로감을 느끼는 심리상태를 나타내는 말이다. '관계유지'에서 오는 피로가 극대화되는 건 SNS(Social Network Service)의 확산 때문이다.

행복한 삶을 위한 제1조건은 과연 무엇일까? 하버드대 조지 베일런트 교수는 돈이나 권력, 명예가 아니라 '인간관계'가 행복을 좌우한다고 했다. 한국의 청년들은 인간관계에서 행복감을 얼마나 느끼고 있을까?

동아일보 2020행복원정대가 이십 대 청년을 대상으로 조사한 결과를 보면, SNS를 통한 경쟁적인 인간관계는 기하급수적으로 늘어나고 있지만, 오히려 공허함으로 인한 피로감을 호소하는 '관태'를 겪고 있다고 하였다.

온라인의 카톡 친구는 수백 명, 오프라인의 진짜 친구는 5명뿐이라는 허수로 인해 공허감만 커지고, 심지어 '사람들이 무섭다'고 한다. 무의미한 대화에 일일이 응하려니까 스트레스가 심하고, 외롭고 피곤하다 보니 혼행(여행), 혼밥(식사), 혼강(수강), 혼술(술), 혼노(노래방) 등 홀로 일상을 처리하는 '혼족' 열풍이 늘고 있다.

SNS 속에서의 화려한 관계는 동전의 양면성과 같다. 가상세계에서는 많은 사람과 소통하며 일일이 대응해 주어야 하고, 현실에서는 고독함으로 관태를 겪는 청년들의 어둡고 불안한 그늘이 읽혀진다. 그로 인해 '관계 기피' 현상으로 쏟아지는 무수한 신조어들 역시 부정적인 표현으로 또 다른 소통의 부재를 부추긴다.

전문가들이 권하는 관태기 극복하는 방법으로는 어떤 것들이 있을까? 그것은 적당한 거리를 두고 일정 기간 SNS를 중단해 보든가, 나와 주변 사람과의 '관계일기'를 써서 자신을 성찰해 보라. 즉 불필요한 인간관계를 정리하기 위해서는 양보다 질적 관계에 집중하고, 3개월에 한 번씩은 불필요한 인간관계를 정리할 필요성이 있다.

'인간관계'는 흐르는 물과 같다. 물은 담는 그릇에 따라 모양이 달라진다.

한번 맺어진 인연으로 그 사람과의 관계도 어떤 형태나 모습으로, 모양을 구체화하며 그리게 된다. 잘못 만들어진 관계를 깨닫고 처음으로 다시 되돌아가 새로운 모습으로 개선하려면 때는 이미 늦어 결코 쉽지 않다. 사람이 이승을 떠나고 나서 남는 건 그 사람과의 '관계' 뿐이라고 한다.

현대인은 문명의 이기利器를 이용해 더욱더 편리한 삶을 추구하지만, 오히려 그 달콤함에 길들여질수록 혼자서 지내고자 하는 이기심

利己心만 커간다. 심지어 가족과의 대화마저 단절되어 간다. 나 혼자만 잘 살고 싶은 '혼족'이라는 청년들의 자화상에서 벗어나 더불어 사는 방법을 스스로 찾아가야 한다. 혼자만 잘산다고 해서 모두가 잘사는 건 아니지 않는가. 나와 너, 그리고 우리가 함께 진정성을 갖고 관계를 맺을 때 잘 살아갈 수 있다.

02 인구절벽 시대

　저출산은 아이를 낳지 않는 것이 아니라 아예 결혼을 하지 않는 것에 기인한다. 가장 큰 이유는 경제적 곤궁함으로 '인구절벽' 현상과 고용 불안, 높은 주거비용 및 사교육비 부담 등으로 안정적인 미래를 꿈꿀 수 없기 때문이다. 아울러 직장여성은 유리천장과 육아휴직 후 맘 놓고 일을 할 수 없을 뿐만 아니라 출산 이후 경력마저 단절되고 만다.

　여성이 임신을 하면 마치 죄인 취급을 하는 직장 문화와 실효성 없는 국가 출산 정책이 불신만 키우고 있다. 더군다나 '헬조선Hell朝鮮은'이라는 젊은이들의 자조 섞인 표현에는 '한국이 지옥에 가깝고 희망이 없는 나라'로 청년들의 심각한 현실이 고스란히 담겨 있다. 따라서 애를 낳고 살아도 살만한 환경의 나라가 되도록 사회 분위기를 조성해야 한다.

　여성가족부에서는 여성친화도시와 지역사회 변화를 위한 프로젝트로 워킹 맘을 위한 '일과 가정' 양립지원 및 경력단절 여성의 새로운 일자리 마련을 위한 다양한 정책을 펼치고 있다. 이는 'N포 세대' (주거 · 취업 · 결혼 · 출산 등 인생의 많은 것을 포기하는 20~30대 청년층)에 이어서 딩크족(Double income, No kids), 즉 결혼은 했지만 아이는 낳지 않는 맞벌이 부부를 위한 대책 마련이 시급한 현실을 극복하기 위한 노력이다.

우리나라 출산율은 2019년 현재 약 0.9명 수준으로 세계 최하위 초저출산 국가로 분류되어 인구절벽 시대에 직면하였다. 전체인구 중 생산가능인구(15~64세)의 비중이 증가해 경제성장을 이끄는 시기를 '인구 보너스', 생산가능인구의 비중이 감소해 경제성장이 지체되는 시기를 '인구 오너스'라고 하는데, '인구 보너스' 시기에서 '인구 오너스' 시기로 급격히 진입하는 것을 인구절벽이라고 한다. 따라서 2016~2020년 마지막 인구 보너스 기간을 앞두고 앞으로 5년이 인구 위기 대응의 마지막 골든타임이다.

한국전쟁 이후 한 가구당 5~6명의 자녀를 출산하여 베이비부머 세대를 이뤘던 50~60대들이 결혼을 하기 시작하던 1970년대에는 가족계획으로 "아들딸 구별 말고 둘만 낳아 잘 기르자."라고 했다. 이때 가난을 극복하고자 펼친 정책이 결국은 30년 후를 내다보지 못하고 미혼, 만혼, 독신, 비혼 혹은 딩크족만 늘어났다.

정부에서는 지난 10년간 약 80조 원을 투자하였지만 엉뚱한 곳에 쓰면서 저출산 기조는 더 심해졌다. 결국 정책 실패를 인정하고 3차 계획으로, 2020년까지 일자리 창출 및 신혼부부 임대주택 공급, 맞벌이 부부 세금 감면 등, 장기목표를 세워 2020년에 1.5명, 2030년에 1.78명, 2045년에 2.1명을 도달목표로 하는 '브릿지 플랜 2020'을 내세웠다. 출산율과 청년고용, 신혼부부 임대주택 수혜율을 높이고, 노인 상대 빈곤율을 낮추려는 계획이지만 과연 실효를 거둘지 의문이다.

오스트레일리아의 정치평론가 애너벌 코랩은 『아내 가뭄The Wife

『Drougt』에서 성별과 관계없이 가사노동을 주로 하며 배우자를 지원하는 이를 '아내'라고 하였다, '아내 가뭄'은 비가 오지 않는 가뭄처럼 아내가 드물거나 적거나 부족하다는 뜻이다. 즉 남자는 아내가 있지만, 여자는 아내가 없는 세상에서 보통의 남자 사회인과 다르게 여자는 집에서 가사를 도와줄 아내가 없다는 노동의 불평등을 말한다.

다산하면 애국? 하지만 사회 분위기는 일하는 엄마에게 너무도 차갑다. 육아와 가사를 여성만 해야 한다는 편견을 버리고 아내의 역할을 부부가 함께 나누면서 육아에 대한 책임 의식을 갖는 것이 중요하다. 또한, 직장 맘을 위한 배려와 직장에서 아이를 맡기고 맘 놓고 일할 수 있도록 육아 시설과 정책을 국가에서도 마련해야 한다.

이에 따라 새마을운동중앙회에서도 저출산 및 고령화 문제 극복을 위해 2017년부터 5대 중점운동의 하나로 '한 자녀 더 갖기 운동'을 펼치고 있다. 정부 시책에 맞춰서 지도자들에게 현장의 목소리를 듣기 위한 설문조사도 실시하였다. 그 결과 '손자 돌보미 사업', '가임기 여성 무료건강검진'과 '민간어린이집 CCTV 공개' 등을 하나하나 실천해 나가고 있다.

03 한국인, 자기중심의 언어로

요즘 젊은이들은 '~ 같아요' 라는 표현을 스스럼없이 쓰고 있다. "이 영화는 어땠나요?"라고 물으면, "재미있었던 거 같아요", 혹은 "이 음식 맛은 어떤가요?" 하면, "맛있는 거 같아요." 또는 꽃을 보고도 "예쁜 거 같아요"라며 자기표현이 분명하지 않다.

'~ 같다' 는 추측, 불확실한 단정을 의미하는 말이다. 예를 들면, '비가 올 것 같다' 처럼, 비가 올 수도 있고 안 올 수도 있기 때문에 불확실한 추측을 하는 경우에 사용하는 표현이다. 그런데 어떻게 자기감정을 추측으로 표현하는지 의문스럽다.

'~인 것 같다' 는 결국 '나' 만이 아니라 '우리' 속에 신념이나 이념, 가치관을 공유할 때 사용하는 표현이다. '우리' 속에 '나' 를 가두는 말을 사용한다면, 결국 어떤 이념이나 가치관으로 주인의 자리가 온전한 '나' 임을 확인시켜 주지 못한다.

외국인들이 한국인의 말과 태도를 보면 매우 혼란스러울 것이다. 한국인들은 대부분 변명과 구실, 책임 회피성 기법이 발달해 있다. 사과할 때조차 온갖 구질구질한 변명을 한다. 그들이 보는 이런 비판에서 우리는 예외일 수 없다. 그런 한국인들 성향이 은연중에 언어생활까지 고스란히 반영된 것이 아마도 '~인 것 같다', 혹은 '~일 것이다' 라는 주체의식이 분명하지 않은 소극적인 표현으로 보이는 것이다.

해외여행 중 호주에서 만난 한 남자 가이드를 통해서 해외에 거주하는 교포들의 주인의식에 대하여 재조명하게 되었다. 그는 중학교 때 아버지를 따라서 호주로 이민을 가 학교를 다녔고, 영주권을 얻어 현재 30년이 넘었지만, 아직도 고국에 대한 열정이 활활 타오르고 있었다.

그는 가장 존경하는 분이 아버지라면서, 아버지가 심어준 애국심으로 오히려 한국에서 여행을 간 우리들에게 여행 기간 내내 한국 역사와 국민의식을 수없이 강조하곤 했다. 굳이 군대에 가지 않아도 되는데 아버지의 뜻에 따라 논산훈련소에서 훈련을 받고 대한민국 군 복무를 마치게 된 것이 지금도 아주 자랑스럽다는 말에 우리 일행은 모두 큰 박수를 보냈다.

그야말로 그는 '우리' 안의 자긍심을 심어주는 꿋꿋한 한국인의 모습이었다. 만약에 우리가 외국에 거주하는 교포들을 만나서 당신은 '한국인인 것 같다' 라고 말을 하면 얼마나 기분이 상하겠는가?

하지만 '~인 것 같아요' 어법을 부정적인 측면으로만 평가할 수는 없다. 이와 같은 어법은 미덕을 담은 긍정적인 측면으로도 생각해 보아야 한다. 자기주장의 수위를 낮추고 상대방의 의견을 구하려는 배려심이 줏대가 없는 어법처럼 보이나 의견 충돌을 방지하고 부정적 감정 자극을 억제하기 위해 조심스럽게 절제된 표현이기도 하다.

이처럼 우리말은 같은 단어와 문장의 띄어쓰기 문장으로도 여러 가지 의미를 나타내기 때문에 사실 한국어를 사용하는 국민들조차 제대로 알고 사용하는 사람이 많지는 않다.

우리는 비록 미래를 예측할 수 없는 불확실한 시대에 살고 있지만, 그렇다고 무심코 사용하는 언어에까지 스며든 불확실한 모습을 외국인에게 보이지 말았으면 한다. 물론 상대방을 배려하기 위하여 의도적으로 '~인 것 같다'고 한다면 이보다 더 적절한 표현도 없을 것이다.

그런 의미에서 어떤 일을 하든지 '자기自己'가 중심이 되어야 한다. '자기'가 없는 곳에서는 어떤 성취도 결코 이룰 수 없다.

04 비밀번호를 사랑하는 현대인

인터넷은 문화홍수 시대를 살아가는 현대인의 생활영역에서 많은 부분을 차지한다. 넓은 의미로는 정치, 경제, 사회, 문화에서 개인의 사생활에 이르기까지 가상공간이 문화 매체의 커다란 줄기를 이루고 있는 것이 오늘의 현실이다.

흔히 SNS의 경우만 보더라도 개인정보가 공개되지 않는다는 점에서 누구라도 자유로운 생각을 여과 없이 펼칠 수 있다는 장점도 있다. 그러나 익명성을 이용해서 자칫 상대방에게 상처를 주게 되는 단점도 많다. 그렇다고 해서 이러한 옳지 않은 행동들을 제도적으로 차단할 수 있는 별도의 수단이나 대안이 없다. 다만 '나'에게 그러한 불유쾌한 일들이 일어나지 않기를 바랄 뿐이다. 그래서 사이버 공간은 몹시 불안한 시스템이다. 누가 나의 실체를 훔쳐보는 것만 같고, 누가 나의 안주머니를 털어가는 것만 같다. 어쩌면 우리 인류가 만들어 놓은 인터넷이라는 문화의 산물은 스스로를 끊임없이 구속하는 위험한 존재인지도 모른다. 그래서 나는 현대인에게 인터넷은 허탈하고 불안감을 조성하는 시대의 산물이라고 생각한다.

살다 보면 남에게 공개해야 할 것이 있고, 나만이 소중하게 감추어야 할 것이 있다. 비밀이라는 것은 어느 정도 유지가 되었을 때 그 가치와 의미가 빛을 발하지 않을까? 만약 우리 인류에게 아니, '너와 나 사이에' 비밀이 사라진다면, 예기치 못할 혼란스러운 일들은 끊임없이 일어날 것이다. 정말 끔찍한 상상이 아닐 수 없다.

그런데도 사람들은 타자의 비밀에 유독 관심이 많다. 남의 비밀에 유난히 집착을 보이고, 괜한 호기심을 유발시키는 심리 충동도 범죄에 이르기까지 한다. 그뿐만 아니라 스스로 무수히 많은 비밀번호를 생산해 낸다. 은행의 예금증서에서부터 현관문의 비밀번호에 이르기까지 수십 개의 비밀번호로 이뤄진 현대인의 모습은 참으로 불안하기 그지없다. 그래서 누군가는 새로운 비밀번호를 연구해 내고, 누군가는 남의 비밀번호를 열심히 찾아내고, 모두들 비밀스럽게 살아가는 모습들이 참으로 아이러니한 형국이 아닐 수 없다.

그러고 보면 사람에게 그림자가 있는 모습은 극히 자연스러운 현상이다. 사람의 뒷모습에는 역시 그림자가 드리워져야 아름답다. 적당히 감추고 살아가는 모습은 어쩌면 아름다움이전에 다른 사람에 대한 예의가 아닌가 싶다. 남의 시선을 따갑게 의식할 줄 아는 모습이야말로 우리 현대인이 지키고 가져야 할 올바른 덕목이 아닐까?

그런 의미에서 우리는 비밀번호에 중독된 삶을 살아가고 있는지도 모른다. 지금 당장 전자우편 주소의 비밀번호가 떠오르지 않는다면 극심한 낭패가 아닐 수 없다. 이제 비밀번호가 생활의 열쇠이며, 비밀번호가 곧 '나' 실체가 되었다는 방증이다. 비밀번호가 없으면 당장 현관문을 열 수 없고, 비밀번호가 없으면 예금증서도 종잇장에 불과하다.

하지만 그때마다 또 다른 비밀번호를 생산해 내면 될 것이고, 감쪽같이 '나'는 새로운 비밀의 옷으로 갈아입는다. 그래서 거리의 사람들은 비밀번호를 전선처럼 감고 다닌다. 비밀번호를 달고 비밀스러운 일상의 톱니바퀴에 끌려가는 현대인의 존재는 그야말로 '비밀' 그 자체가 하나의 완성된 인격체를 이루고 있다. 이러한 실태는 워낙 자연스러운 풍경이라서 부득 어제오늘의 일도 아니요, 또 '나'만의 일도 아니다. 그래서 요즘 시대에는 나이를 불문하고 자신의 전자우편 주소가 없다면 그야말로 문맹인 취급보다 못한 이상한(?) 눈총까지 받는다.

표현에서도 마찬가지다. 인터넷 공간에서는 자신의 실체를 철저히 감춘다. 자신의 신분을 감춰야 하는 목적이나 수단과는 별개의 문제로서 일단 '나'의 실체를 감추고 보는 것이다. 그래서 SNS나 카페, 밴드 공간에서 닉네임으로 소통한다. 일단 신분이 노출되지 않는다는 그 자체만으로 자유로운 비밀 인간이 되는 것이다. 그것은 온갖 비밀문서로 얼룩진 현대인의 초라한 모습이지만, 일단 자신의 신분을 감추는 것으로써 정신의 안정과 쾌감을 얻는다고 느끼기 때문이다. 하지만 상대방이 자신을 알아보지 못한다는 이유로 이따금 여과 없는 표현으로 다른 사람의 마음을 불편하게 하는 일들이 수없이 벌어지고 있다.

어느 심리학자는 현대인의 이러한 행동들은 사회적 열등감에서 비롯되는 현상으로서 놀랍게도 대부분 정상인이라고 했다. 그러나 정작 이러한 모습까지 누군가가 '나'를 속속들이 지켜보고 있다면, 이 얼마나 부끄럽고 형편없는 모습이겠는가?

인터넷이 아무리 첨단 문명의 산물이라지만, 최소한 '나'의 '참'

과 진정성이 존재하는 투명한 사이버 공간이 되었으면 한다. 그래서 정말 두툼한 비밀의 옷을 벗어 던지고, 진짜 '나'를 철저히 감추고 살아가는 모습이 아니라 '나'를 적당히 가리고 살아가는 인간다운 사회가 조성되었으면 하는 바람이다.

물줄기가 지나간 하늘은 거짓말처럼 맨숭맨숭하다. 가슴에 멍 찬 사람들에게는 땡볕도 그리 달갑지 않다. 세상은 더불어 살아가야 한다. 누군가의 기쁨이 곧 나의 것이 되고, 누군가의 슬픔도 곧 나의 것일 수도 있다.

2017년도 10월 마지막 날 강동구 새마을부녀회에서는 천호공원에서 '저출산 극복'을 위한 큰 행사를 하였다. 서늘한 날씨에도 많은 시민들이 참여해서 보람이 컸다. 물론 살림살이가 넉넉하지 않은데 일일찻집 모금함에 동전과 지폐들이 모아지는 걸 보면 여전히 세상 인심은 훈훈하다.

큰돈은 아니지만, 십시일반 주머니를 뒤지면서 모금함을 채워주시는 분들이 많았다. 다음에는 사이버 모금함도 마련해보려고 한다. 아마 많은 분들이 비밀의 옷을 입고 익명으로 모금함에 따뜻한 마음을 보태주는 모습을 기대해 본다.

05 다노미danomi 현상

인종과 국적의 경계가 사라지고 있다. 급속한 문화발전이 민족의 세계화를 이뤄내고 있다. 지구공동체라는 울타리 안에서 다양한 문화들이 충돌하면서 갈등을 이해하고 소통하려는 노력이 필요한 시대이다. 그런 점에서 다노미 현상에 대한 인식개선의 절실함이 요구된다.

다노미란, 다문화와 아노미(anomie, 문화 지체 현상)의 합성어이다. 즉 다문화 사회가 진행되고 있음에도 불구하고 문화와 인식이 그에 따라가지 못하는 현상을 가리키는 말이다. 서로 다른 인종, 국적, 문화적 배경을 가진 구성원들이 함께 존재하는 다문화 사회는 이제 우리에겐 선택이 아니라 불가피성을 가진 사회라고 할 수 있다.

지구상에는 230여 개 국가에 약 6,800개 언어와 16,000개의 종교가 있으며, 약 75억 명이 살고 있다. 이들은 생김새도 다르지만, 언어와 피부색, 생활습관, 문화, 종교 등 모두가 다른 모습이다.

'국경없는마을'의 다른 이름이 다문화 공동체multicultural community이다. 그 예로 경기도 안산시에는 다문화 특구가 지정되어 있는데 마치 지구촌의 축소판처럼 느껴진다. 하나의 국적이나 민족, 인종에 국한되지 않고 세계 각지에서 온 다양한 배경을 가진 이주민과 원주민들이 '함께 잘 살기'를 원하기 때문이다. 이러한 다양성은 인천의 '화교촌', 부산의 '상해마을', 서울 방배동의 '프랑스인마을'과 동부이촌동의 '일본인촌', 가리봉동의 '옌벤동(조선족 마을)'과 구분되는 안산시만의 특성이다.

그렇다면 지금 우리는 급변하고 있는 '다문화'를 어떻게 받아들이고 있는가? 다문화 가정, 다문화 사회 등 여기저기서 많은 '다문화'가 들리지만 아직까지 그것을 남의 이야기로 느끼는 것이 바로 '다노미'다. 아직도 우리가 쓰는 '다문화'라는 말은 특정 인종, 혹은 특정 사람들을 지칭하기도 한다.

'다문화'라는 말을 들을 때 무엇이 가장 먼저 떠오르는가를 생각해보면 우선 한국에 시집와서 핍박받으며 살아가는 외국 여성들의 이야기를 통해 '다문화'라는 말에 또 하나의 슬프고 우울한 이미지가 떠오른다. 흔히 다문화 이주여성을 대할 때 우리는 무조건적으로 한국 문화를 강요하거나 강조하지는 않았던가? 어떤 것에 대하여 누군가 무엇을 설명해 주거나 이해시켜 주기에 앞서 꾸지람을 하면서 그들의 문화에 대한 정보 없이 무조건적으로 한국에 와서 살려면 한국인의 관습을 따를 수밖에 없다고 주장하고 있지는 않은가?

결혼 이주여성에게도 인권이 있다. 따라서 이주여성에 대한 관점도 재정립할 시기이다. 그들은 소수자로서 감수성이 예민하고 낯섦과 새로움에 대한 '불안한 낯섦'의 감정으로 갈등을 겪을 수밖에 없다. 소수자가 다수자에게 가지는 불안함은 문화적 배경이나 언어의 생소함에서 소통이 어려운 데다가 국제결혼이라는 특성상 상대방의 일방적인 희생과 순종을 당연히 여기는 풍토가 만연해 있기 때문에 적응이 어려울 수밖에 없다.

이주민 정책에 있어서 가난한 나라의 여성들을 돈 주고 사다가 아내를 삼을 수 있다는 의식을 버려야 한다. 저출산을 극복하고, 노동시장의 질서를 회복하고 확장하는 과정에서 경제적 위험을 흡수하는 안전판으로 이주민을 활용하는 건 아닌지 생각해보아야 한다. 이주민에 대한 정부의 부재는 인종차별과 고통의 사회로 전락하여 제3의 인종, 제3의 민족, 제3의 세력화를 양산하게 될 것이다.

현대사회는 초超국경으로 e-정보화 시대이다. 따라서 인터넷상으로 지구 반대편 사람들과도 가까운 이웃처럼 소통할 수 있다. 지구촌과의 거리가 점점 좁혀져 가고 있는 이때, 다문화에 대한 우리의 인식 개선이 필요하고, 정부에서는 다문화 가정에 대한 다각적인 지원이 필요한 때이다.

06 N포 세대, 청년에게 희망의 봄을

대한민국 청년들은 먹구름 속에 가려진 희망 없는 이 사회를 바라보면서 심한 진통을 겪고 있다. 비혼, 저출산, 실업률 증가, 정규직과 비정규직의 격차 등으로 '삼포 세대, 오포 세대, 칠포 세대, 헬조선, N포 세대' 등과 같은 신조어가 점점 늘어간다는 것은 그들의 불만이 강하게 표출되고 있는 현상이다.

N포 세대는 연애와 결혼, 출산을 포기한 청년층을 뜻하는 '삼포 세대三抛世代'에서 유래했다. 삼포 세대는 2010년 이후 청년실업 증가와 과도한 삶의 비용으로 인해 등장한 20~30대 청년 세대들이다. 취업과 내 집 마련을 포기한 '오포 세대五抛世代', 인간관계나 미래에 대한 희망을 포기한 '칠포 세대七抛世代'에 이어 N포 세대는 해당 신조어들을 모두 포괄한다.

그중에서도 특히 90년대 초반에 태어난 지금의 20대 중후반을 '에코 세대'라고 한다. 2차 베이비부머 세대인 '에코 세대'의 체감 실업률이 22.8%로 가장 높다. 20대 임금 근로자 가운데 3분의 1 정도가 '비정규직'인 현실이지만 앞으로 3년간은 에코 세대의 취업이 더 어려울 것으로 본다.

N포 세대의 원인으로는 높은 주거비용과 낮은 임금 상승률, 불안정한 고용시장, 노동시장의 이중 구조 등이 꼽힌다. 경기 침체로 실업률이 증가해 취업 경쟁이 치열해지고 대기업과 중소기업의 격차로 인한 정규직과 비정규직 등 불안정한 고용 형태가 늘어났기 때문이다. 또한 사회 안전망과 복지 부재 역시 N포 세대를 만드는 문제점이라 할 수 있다. 특히 결혼한 여성의 경우 출산 휴가나 경력 단절 문제, 사교육비 등으로 부담을 느껴 출산을 미루거나 피하는 현상도 늘고 있다.

　대기업과 공기업 혹은 공무원을 향한 취업문은 점점 좁아져서, 학자금 대출로 시작한 대학생활을 마치고도 '취준생'이라는 또 하나의 스펙 쌓기 관문을 통과해야 한다. 이는 고용 없는 성장으로 인하여 청년 세대들의 일자리 부족, 비정규직과 정규직의 격차 때문이다. 얼마 전 태안발전소 비정규직인 김용균 군과 구의역 스크린도어 사고로 숨진 19세 청년의 안타까운 사망 소식에 많은 이들이 가슴을 쓸어내렸었다. 푸른 꿈을 안고 취직한 곳이 그토록 열악한 환경인데도 그들의 고통이 죽고 나서야 세상에 알려지게 되었다.

　이런 사회적 병폐 현상은 비록 현재 20~30대만의 문제가 아니라 현재의 10대들과 앞으로 태어날 세대들도 마찬가지다. 출산율은 갈수록 낮아지는데 노령층은 기하급수적으로 늘어나 2030년에는 대한민국 인구 40%가 결혼을 못 할 수도 있다 한다.

　많은 빚을 짊어지고도 노년 세대들의 복지를 위해 끊임없이 무거운 짐을 짊어지고 살아가야 할 세대들이 그들이다. 이는 직업이 있거나 대기업을 다니고 있는 청년들도 마찬가지다. 막상 맞벌이를 하면서 가정을 꾸려도 당장 내 집 마련을 위해 출산을 미룰 수밖에 없다. 집값 상승으로 인해 내 집 마련의 꿈은 자꾸만 높아가고 막상 아이를 낳아도 육아 문제로 인하여 많은 갈등을 겪게 되기 때문에 망설이게 되는 현실이다.

과거 산업화 시대에 겪은 젊은이들의 고통은 '산업화의 주역'과 '민주주의의 주역'이라는 타이틀을 부여받았다. 하지만 요즘 청년들은 아무리 노력해도 성과나 그 어떤 타이틀조차 얻기 힘든 실정이다. 따라서 기성세대들은 청년 세대들을 좀 더 이해하고, 그들의 건전한 사고를 존중하고 배려해서 용기를 잃지 않도록 밀어줘야 한다.

직장 내에서 기성세대들의 태도가 바뀌어야 하고, 서비스업종에서 일하는 청년들을 대하는 고객들의 태도도 변해야 한다. 기업가들은 청년들이 맘 놓고 열심히 일할 수 있도록 근무환경의 질적 향상을 위한 방법을 모색하여 노사勞使가 한 마음으로 경제발전을 위해 노력해야 한다. 또한, 정부에서는 단기적 해결이 어려운 이 난제들을 장기적인 목표를 잘 세워서 국민들이 직접 피부로 느낄 수 있는 체감온도를 높여주어야 안정된 삶을 살아갈 수 있다.

청년들이여! 그대들에게 힘찬 격려의 박수를 보낸다. 용기 잃지 말고 미래를 향해 끊임없이 노력하고 도전한다면 반드시 희망은 그대들을 저버리지 않을 것이다.

07 치매癡呆

- 마음까지 지우는 병

초고령화 시대에 접어든 지금, 노인들이 가장 두려워하는 질병이 바로 치매癡呆다. 치매dementia는 인지認知 기능 장애로 인해 일상생활을 스스로 유지하지 못하는 상태를 말하는데, 대부분이 노인에게서 많이 나타난다. 65세 이상에서 시작하여 85세가 넘어가면 거의 절반이 치매 증상을 보인다고 하니, 백세시대에 점점 치매 환자 수가 증가할 것을 대비하여 하루 속히 대책을 세우지 않으면 안 된다.

얼마 전 92세 할아버지가 80세가 넘은 아내를 위해 요양보호사 시험에 합격했다면서 기뻐하는 모습을 보았다. 노부부만 사는 집에서 아내가 치매에 걸렸으니 어쩔 수 없이 고령의 남편이 혼자서 아내를 돌보아야만 하는 실정이다.

치매는 거의 완치가 불가능한 질병이기 때문에 치료 방법조차 잘 모르며 가족 모두가 고생하고, 그저 바라만 보면서 환자와 함께 고통을 당할 수밖에 없다. 더군다나 자녀 수가 한둘에 그치다 보니 서로 돌아가면서 부모를 돌볼 수 있는 여건도 아닌 데다 각자 먹고살기도 바쁘므로 가족 간의 불화마저 커진다.

미국 샌디에이고에서는 치매 어르신들을 위하여 '1950년대 테마

체험센터'를 개관하여 인지 능력과 기억을 되살리도록 하고 있다. 당시의 모습을 재현한 거리와 소품들을 직접 체험해 젊은 시절의 추억을 되새기면서 사람들과 원활하게 소통할 수 있는 자리를 만든 것이다. 요즘 우리나라 각 지방자치단체에서도 '치매안심센터'를 만들고 있지만, 국가에서 먼저 적절한 대책을 세워야 한다.

  사실상 '치매癡呆'라는 말은 '어리석을 치癡, 어리석을 매呆'로 어리석다는 것을 강조하였으니, 치매 걸린 사람에 대한 매우 부정적인 표현이라 할 수 있다. 자기 스스로 제대로 인지하지 못하여 가족이나 주변 사람들을 괴롭히는 고약스러운 질병이 바로 치매라고 볼 때, 이는 결코 남의 일이 아니라 언젠가 나 자신의 일이 될 수도 있다는 경각심을 갖고 대해야 한다. 증상이 서서히 시작되고 진행하기 때문에 정확히 언제부터 시작되었는지, 일상생활의 장애는 언제부터 있었는지 그 시점을 알기는 힘들다.

  대부분의 사람들은 치매 걸린 노인들을 고깝게 바라보면서 그들이 하는 행동을 무시하는 경향이 크다. 어쩌면 미래의 내 모습일지도 모르는데 그저 남의 일처럼 대하게 된다. 그것은 대체로 치매에 대한 상식이 거의 없기 때문이다. 따라서 치매가 무엇인지, 증상이 어떻게 나타나고 그럴 때는 주위 사람들이 어떻게 대처해야 하는지, 치매 환자를 대하는 보호자의 사전 교육이 필요하다.

  예전에는 치매라는 병명이나 일반적인 지식도 모른 채 그저 '노망'이나 '망령'이 걸렸다고 표현했다. 입으로 전해 들은 상식으로만 환자를 돌보다 보니 힘에 부치고, 많이 먹으면 똥을 싸 벽에 바른다고 하여 방에 가둬놓고 먹을 것조차 죽지 않을 만큼만 주었다고 한다. 치매는 현재 새로운 약물 치료제의 개발로 고혈압, 당뇨병처럼 치료 가능한 질환으로 바뀌어 가고 있다.

뇌 기능이 서서히 죽어가면서 자신도 모르게 마음마저 지워지는 병, 치매로 인하여 마지막 이승을 떠나는 우리의 뒷모습이 쓸쓸한 기억으로 유족들에게 비치는 것도 슬픈 일이다.

물론 요양병원이나 각종 의료시설이 많아져서 환자를 시설에 맡기기도 한다지만 비용 또한 만만치 않아서 누구나 쉽게 이용할 수 있는 곳도 아니다. 따라서 앞으로 예측할 수 없는 치매 환자 수에 대한 대응책으로 정부에서는 하루속히 대책을 마련해야 한다.

1970년대 우리나라에서 처음 의료보험제도가 실시되었을 때, 국민들은 매월 의료보험료를 내는 것을 벅차 했었다. 그러나 서서히 국민 경제가 나아지고 전 국민이 참여하여 지금은 누구나 쉽게 병원을 이용하면서 수명 또한 길어졌다.

이렇듯 치매에 대한 보험적용의 범위를 확대하여 누구나 요양시설을 쉽게 이용하여 인격적인 대우를 받을 수 있도록 시설과 치매 치료사나 요양보호사를 확충해야 한다. 그리고 돌봄 사각지대에 있는 치매 환자들을 위한 관리 방법과 치매 환자 보호자들이 사전에 교육을 받을 수 있도록 해야 한다.

08 노인 세대와 젊은 세대 간 갈등

- 혐로(嫌老) 사회의 과제

2019년 8월말 기준 우리나라 노인 인구가 전체 인구의 15.23%를 차지하여 고령화에서 초고령사회로 들어섰다. 저출산으로 생산 인구가 감소되고 노인 인구만 증가하다 보니, 이를 예상치 못한 젊은 세대와 노인 세대의 갈등이 심화됐고 노인들의 범죄도 늘고 있는 실정이다.

'혐오의 파시즘'은 노인과 젊은 세대 간 갈등으로 인해 노인에 대한 혐오嫌惡가 점점 골이 깊어가고 있는 사회를 말한다. 가족들은 얘기를 아예 들어주지 않으려 하고, 사회에서는 쓸모없는 사람으로 무시당하다 보니 노인 학대와 노인 차별, 노인 혐오에 대한 사회 불안감이 흐르고 있다. 이러한 노인에 대한 편견은 여러 가지 문제점을 발생시킨다. 그렇다고 이런 현상에 대한 책임을 젊은이들에게 묻거나 탓할 수만도 없다.

예로부터 우리나라는 동방예의지국東方禮義之國으로 어른에 대한 효孝와 공경을 자랑스럽게 내세웠다. 그러나 급속도로 변화하고 있는 사회에서 노인들과 젊은 세대들은 서로 자기 주장만 앞세우고 있다. 심지어 노인을 비하하는 다양한 신조어로 벌레 충蟲을 붙여서 '노인충', '연금충', '개초딩', '꼰대', '급식충', '틀딱충', '할매미' 등의 신조어에는 젊은이들의 많은 불만이 표출돼 있다. 그렇다면 그들은 왜 노인들을 조롱하고 혐오의 대상으로 전락시키려 하는 걸까? 젊었을 때 부지런히 일하고, 늙어선 경제력도 없고, 가족들마저 얘기를 들어주지 않고, 소외당하며 마치 쓸모없다고 자책하는 노인들의 심정은 얼마나 서러울까?

경로사상敬老思想을 중시하며 살아온 노인들이지만 몸과 마음이 쇠약해지고 점점 귀가 먹어서 어느 땐 막무가내로 공공장소에서 큰 소리로 통화하는 경우도 있다. 노인에 대한 상식이 없는 사람이 보기엔 이해가 안 되는 행동이다. 젊은이들은 나름대로 이런 노인에 대해 인격을 무시하고 어른답지 못한 행동이라며 혐오감을 느낀다. 그러나 더 어두운 현실은 한국청소년정책연구원이 발표한 '세대문제 인식 실태조사'에서 청소년의 66.6%가 앞으로 세대갈등은 지금보다 더 심해질 것으로 전망한다는 점이다.

우리나라 노인 5명 중에서 1명이 우울증을 겪고 있고 심지어 6.7%는 자살까지 생각한 적이 있으며 13.2%는 실제로 자살을 시도한 경험이 있다고 분석했다.

노인들도 한때는 젊은 시절이 있었다. 하지만 급변하는 사회에 빠르게 적응하지 못하는 노인들이나 점점 늘어가는 노인 인구의 부양을 떠안아야 하는 젊은이들 또한 서로의 입장에서 보면 딱히 누구를 원망할 수도 없는 현실이다.

여기에 지혜로운 방법이 있다. 서로의 입장을 배려해 주고 존중해 주려는 노력이 필요하다는 것이다. 젊은이들은 노인들을 부정적으로

만 보지 말고 '유병장수, 빈곤장수, 무업장수, 독고장수' 등 현대판 4대 노인의 고통과 문제점에 대하여 적극적인 이해와 인식이 필요하다. 또한 노인들은 옛날 당신들이 살아오던 때, 즉 호랑이 담배 피우던 시절의 이야기를 앞세워가며 쓸데없는 고집을 부리지 말고, 막무가내로 이해하지 못할 행동을 하지 말아야 하며, 노인이라는 이유로 무조건 대접을 받으려고도 하지 말아야 한다. 또한 정부에서는 이러한 젊은 세대와 노인 세대의 갈등에 대한 문제 개선에 대한 새로운 정책의 뒷받침이 필요하다.

예를 들면 선진국의 노인복지 시스템이 예방을 위한 것이라면, 한국은 사후 처리 형태로 접근하고 있다는 점이다. 한국의 노인복지정책에서 이러한 모순점을 풀어가려면 우선 노인들에게 일자리를 만들어서 경제적인 문제로 인해 빚어지는 여러 가지 문제점을 해결하도록 바탕을 마련해줘야 한다. 결국은 '돈' 때문에 빚어지는 사건사고의 요인들이 가장 많다. 일본의 경우 우리보다 먼저 고령화 사회로 접어들었지만, OECD 국가 중 노인 빈곤율이 7위인데 비해 우리나라는 1위를 차지하고 있으니, 앞으로 이 문제를 어떻게 풀어가게 되는지 걱정스럽다.

경북 봉화군에서 민원처리에 불만을 품은 70대 노인이 면소무소에서 엽총을 난사해 민간인 2명이 사망한 예를 보면 우리 사회 곳곳에서 일어나는 불안감을 엿볼 수 있다. 이 사건은 주변 사람들에게 소외된 분노심이 큰 재앙을 몰고 왔다는 것을 알려주고 있다.

노인들은 스스로 스트레스를 푸는 방법을 잘 모른다. 따라서 정부에서는 노인 스스로 독립해서 살 수 있도록 사회기반을 조성하는 프로그램을 마련해야 한다. 노인 스스로 가치가 있는 사람이라는 인식을 하도록 지역에 맞는 프로그램을 만들어 동참하여 삶이 지루하지 않도록 했으면 한다.

젊은이들 또한 머잖아 노년의 길을 걷게 된다는 점을 생각하여 보릿고개와 일제강점기, 한국전쟁 등으로 어렵고 가난한 시절을 극복해온 노인 세대의 사고를 어느 정도 이해하고 받아들이자.

비록 현실과 동떨어진 언행으로 감내하기 힘들더라도 참고, 보이는 그대로 존중해 준다면 세대 간 갈등의 골은 한층 좁혀질 것이다.

10월 2일은 노인의 날이다. 10월에는 각 동 주민센터마다 경로잔치를 벌여서 마을 노인들을 모시고 한 끼 식사와 다양한 공연 등으로 화합의 장을 만들고 있다. 젊은이들과 노인들이 다 함께 어우러질 기회를 자주 만들어서 서로 대화와 소통의 장이 될 수 있다면 보다 더 건강한 사회를 만들어 갈 수 있지 않을까?

09 중독사회

　중독中毒의 사전적 정의는 "생체가 음식물이나 약물의 독성에 의해 기능장애를 일으키는 일" 혹은 "어떤 사상이나 사물에 젖어버려 정상적으로 사물을 판단할 수 없는 상태" 이다.

　'중독' 이라는 단어 앞에 명사를 붙여보면 대부분 부정적인 의미를 지니고 있는 반사회적인 장애나 인격 장애 혹은 합병증과 부작용, 내성 등이 연상된다. 즉 알코올, 마약, 니코틴, 인터넷, 카페인, 휴대폰, 음란물 중독에 이어 성형 중독과 같은 반사회적인 현상들을 일컫는다. 이러한 중독에 빠진 뇌의 면면을 보면 일, 공부, 행위, 넥스토피아 즉 미래에 중독된 사람들이다. 이른바 대한민국에서 살아가기 위해서는 감내해야 하는 노력 중독의 한 예가 된다. 여기서 '넥스토피아' 는 대학 입시와 취업 준비를 위한 젊은이들에게서 보이는 새로운 중독의 한 형태를 말한다.

　이 많은 중독들 중에서 요즘 가장 심각하게 번지고 있는 중독 현상이라면 스마트폰 중독이다. 초등학생부터 팔십 어르신들까지 모두가 스마트폰을 잘 다루는 편이다. 하물며 유아기 아이들조차 예전에 부모들이 앉혀 놓고 책을 읽어주던 때와는 달리 휴대폰이나 태블릿 PC로 동화책을 대신해서 움직이는 그림영상을 보여주기도 한다. 그래서 요즘 아이들을 보면 깜짝 놀랄 정도로 기기機器를 혼자서도 잘 다룬다. 그 부작용으로 일찍부터 시력이 나빠지거나 주의가 산만해지는 행동장애가 나타나기도 한다.

예전처럼 한 가족이 거실에 모여 앉아서 TV를 시청하던 단란한 모습은 드라마 속에서나 보는 풍경이다. 가족 모두가 거실에 앉아 있기도 드물지만, 막상 가족이 모였다 해도 각자 손에 든 스마트폰을 들여다보면서 가족 간의 대화가 점점 단절되어 가고 있다. 심지어 이 방에서 저 방에 있는 가족에게 전할 말도 문자로 오가기도 한다.

가만히 생각해보면 참 허탈한 삶을 살아가고 있다. 요즘 신조어 중에 스몸비Smombie라는 말이 있다. 즉 스마트폰smart phone과 좀비zombie의 합성어로 스마트폰을 사용하며 길을 걷는 사람을 일컫는 말이다. 한국청소년상담복지개발원의 청소년 대중문화 이용실태 조사에 따르면 청소년들의 스마트폰 사용이 1위로 나타났으며 과도한 스마트폰 사용은 오히려 집중력 저하, 시력 저하, 경추(목뼈) 변형, 불면증 등 부정적인 소견도 거론된 바 있다.

나는 인터넷 게임 중독으로 돌이킬 수 없는 가슴 아픈 경험이 있다. 사춘기에 막 접어든 첫 아이가 중학교에 입학할 즈음 PC방이 생기면서 그 당시 가장 흥미로운 게임 중 하나가 바로 '스타크래프트'였다. 세상 물정 모르는 순진한 아이가 행여나 PC방에 드나들까 봐학원에도 보내지 않고 집에서 과외를 시켰다. 그리고 중학교에 입학한 후 첫 중간고사를 마치던 날 과외 교사가 아이의 기분 전환을 위해 처음 데리고 간 곳이 바로 PC방이었다. 그곳에서 스타크래프트 게임을 처음 접하면서 걷잡을 수 없이 신비스러운 게임 중독에 빠져들기 시작했다.

어느 날은 학교 가기 전에 PC방에 들려서 지각하더니 끝내 가출까지 시도한 적도 있었다. 아무리 달래면서 막아도 보았지만, 고등학교 2학년까지 이어진 게임 중독이 어처구니없는 사건으로 이어지면서 결국 생명까지 잃고 말았다.

PC게임을 단순한 놀이로 생각하면 오산이다. 술이나 마약보다 더 무섭고 두려운 것이 바로 정신을 갉아먹는 인터넷 중독이다. 물론 인터넷 게임이 무조건 나쁜 것은 아니다. 때론 긍정적으로 살아가는데 스트레스도 해소되고 머리도 식힐 겸 도움이 될 수도 있겠지만, 판단이 흐린 청소년들에게는 아주 중독성 강한 코드로서 자칫 자기 통제 능력이 부족하면 게임 중독에서 절대로 헤어나지 못한다.

첨단 문명 시대를 살아가는 우리들은 또 어떤 것들에 중독돼 가고 있는지 성찰이 필요한 시점이다. 대부분 나 자신은 결코 그 어떤 것에 중독된 것은 아니라고 스스로를 위안 삼아 말하지만, 그 누구도 자신이 처한 상황의 어떤 중독에서 자유로울 수는 없다.

대부분 부정적인 중독의 의미를 나타내는 중독들이 많지만, 반면에 노후생활이 건강하고 안정된 사람들은 자신보다 어려운 이웃을 위하여 봉사하면서 마치 봉사에 중독된 듯 긍정적으로 분주한 일상을 보내기도 한다.

이처럼 이웃과 타자를 위한 중독사회가 우리 사회를 아름답게 해주는 처방이 아닌가 싶다. 이제 정부나 사회교육기관에서는 부정적인 의미가 있는 중독에서 헤어나지 못하는 사람들을 위한 처방 프로그램을 서둘러 개발하든가, 어린이와 청소년뿐 아니라 성인들이 각자 현실에 맞는 중독 예방을 위한 대책 마련이 시급한 실정이다.

어른들이 만들어 놓은 문명의 이기利器 속에 갇혀서 한창 자라고 있는 어린아이와 청소년이 오히려 중독성 강한 덫에 걸려 점점 병들어가는 사회는 상상만으로도 끔찍하다.

10 라이프 디톡스Life Detox

얼마 전 우연히 만난 스님과 잠시 차 한 잔 함께 마시는 자리에서 충격적인 말을 들었다. 스님은 몇 마디 대화 속에서 내 안에 매우 부정적인 요소가 많다고 지적했다. 곰곰히 생각해 보니 오 남매의 맏이로 태어나 어릴 적에 어머니와 가장 밀접한 사이로 살아오면서 나도 모르게 동화된 게 아닌가 싶었다. 우리 부모님 역시 조부모에게서 받은 부정적인 표현을 이어왔고, 나 역시 아무렇지도 않게 우리 아이들에게 심어주면서도 전혀 몰랐다.

지금에서야 많이 후회하고 되도록 부정적인 말을 줄이려고 노력하지만 오랜 습관이 되어버린 표현이나 생각이 쉽게 고쳐지지 않아 이너 뷰티Inner Beauty가 필요하다는 것을 나중에서야 깨달았다. '이너 뷰티'는 우리 몸속의 아름다움을 뜻하지만, 긍정적인 마인드로 내 안의 아름다움도 함께 하는 것이다.

어쩌면 현대는 아주 편리한 디지털 기기들과 정보와 SNS(사회관계망)로 인해 너무 많은 정보를 섭취하여 인간관계도 비만을 초래한다고 볼 수 있다. 다양한 디지털 기기나 여가를 즐기는 놀이 도구, 문화생활의 소통에 필요한 활용 등에도 해독을 해야 할 정도로 '의존' 단계까지 와 있다.

그중에서 특히 스마트폰은 인간관계를 겉으로는 많은 사람들과 정보 속에서 다양하게 연결해 주지만 막상 외딴 섬에서 혼자 지내는 것과 같다. 곧 사람들과 마주하고 직접 나누는 대화가 아니라 기기 속 공간 안에서 아바타와 얘기를 나누는 것으로 혼자 생각하고, 받아들이고, 판단하고, 그것을 실행에 옮기고 있기 때문에 이성적이기보다는 감정적인 흐름이 앞서게 된다. 따라서 디톡스 후드, 디톡스 디지털, 디톡스 여행 등 우리 삶 안에 스며든 다양한 디톡스가 필요하다.

디톡스Detox란 디톡시피케이션Detoxification 즉 해독解毒으로서 우리 몸 안의 독소를 빼내는 것을 말한다. 해독은 인체 내에 축적된 중금속이나 독소를 뺀다는 것이지만, 음식뿐 아니라 마음속에 스트레스를 불러일으키는 분노와 짜증 등을 다스리는 명상 또한 넓은 의미의 디톡스라고 할 수 있다.

이러한 디톡스의 종류에는 다양한 것들이 많지만 모든 질병의 원인인 스트레스로 인한 마음의 독을 먼저 빼내야 우리가 원하는 것도 얻을 수 있다. 따라서 이기심, 불안함, 비교의식, 패배감, 열등감, 낮은 자존감, 교만심, 우월감 등 자칫 마음의 독이 될 수 있는 것들을 먼저 버려야 한다. 하지만 대부분의 사람들은 몸을 위한 디톡스에 더 많은 관심을 갖는다. 육체적인 질병보다 정신적인 스트레스에서 오는 질병이 더 무섭다는 심각성을 잘 모르기 때문이다. 결국 몸의 독소를 빼내는 것도 중요하지만 마음의 해독, 즉 멘탈 디톡스Mental Detox가 앞서야 한다.

심리학자에 의하면 일생동안 우리가 14만 8천 번의 부정적인 말을 들는 반면에 긍정적인 말을 듣는 경우는 겨우 3~4번에 불과하다고 한다. "너는 안 돼, 할 수 없어You can't do it"를 수없이 반복해 들으면서 이를 해독할 수 있는 긍정적인 에너지는 지극히 한계적이다. 따라서 "너 자신을 믿어라, You can do it", 즉 긍정적인 메시지로 전환하는 연습이 필요하다.

이러한 부정적인 요소들로 인해 자연스럽게 스며드는 정신적인 오염은 대부분 부모, 형제자매, 학교 교사, 친구, 혹은 TV 드라마, 뉴스 순으로 영향을 미친다. 어릴 적부터 무조건 "안 돼", "하지 마", "가지 마" 등 No를 앞세우다 보니 무의식적으로 부정적 요소들이 잠재하게 되면서도 그런 말을 하는 사람이나 듣는 사람 모두 그 심각성을 깨닫지 못하고 있다.

지금이야말로 디톡스 라이프스타일로 전환해야 하는 시기이다.

생활가전이나 집안 환경, 여행 등에서도 개선할 필요가 있지만, 국제사회, 정치적 갈등이나 주변의 사건 사고를 통해서 보면 인간관계에서도 디톡스가 절실히 필요한 때가 아닌가 싶다.

휴가 때나 명절 연휴 기간에 해외로 나가는 인파로 인천공항은 매우 북적이곤 한다. 무조건 어딘가로 떠나서 힐링하는 것도 좋지만, 책이나 영화 혹은 가족이나 친지들과 함께 하면서 대화를 나누고 즐거운 추억을 만드는 것도 삶을 위한 질 좋은 디톡스 효과를 얻을 수 있다.

11 가정경제의 주역은 아내? 남편?

일반적으로 가정경제를 이끌어가는 주역이 주부主婦라고 한다면, 나는 그동안 가정경제를 잘 이끌어 왔다고 그다지 내세울 만한 것이 별로 없다. 후회는 항상 늦은 법이다. 다시 처음으로 되돌아갈 수만 있다면, 설계를 잘해서 지금보다 더 나은 삶을 살아보고 싶다는 생각도 해 본다. 35년 전 결혼하고 살림을 잘 꾸려가는 것이 초보자로서 쉽지만은 않았다. 가정경제도 마찬가지로 수많은 시행착오를 통하여 노하우를 터득하게 되고, 주어진 범위 안에서 절약하고 재테크를 잘해서 재산을 늘릴 수 있는 방법을 찾아 꾸준히 노력해야 한다.

1980년 초, 결혼할 당시만 해도 대부분의 여자들은 결혼과 동시에 직장생활을 그만두고 가사와 양육에 충실하는 것이 미덕이라 생각했다. 여자들 대부분이 다니던 직장을 그만두고 아이를 키우면서 30~40대까지 가사에 전념했다. 나 역시 결혼과 동시에 다니던 직장을 그만두었다. 그러면서 곧바로 작은 연립주택을 장만하여 살았기에 남들처럼 집 장만을 위해 허리띠를 졸라매야 하는 삶은 아니었다. 해외에서 벌어온 남편의 월급으로 땅도 조금 장만해 놓고, 내 집까지 장만하여 시작한 결혼생활이니 그저 평범하게 아이들 양육과 교육에만 전념하는 것이 최선이라는 생각으로 살아왔다.

결혼 후 20여 년까지는 그런대로 가계부도 적고, 연말 정산까지 하면서 알뜰살뜰 꾸려가던 살림살이를 점점 양육비와 교육비가 늘면서 저축은 물론 적자 살림을 살다 보니 가계부를 적는다는 것이 별 의미가 없어졌다. 지금도 남편과 가끔 돈 문제로 옥신각신 다툴 때면 가계부를 내놓으라는 말에 감정이 상한 적이 한두 번이 아니다. 요즘엔 전자가계부나 컴퓨터, 스마트폰 앱을 이용해서 얼마든지 간편하게 정리를 할 수도 있는데도 불구하고 가계부를 적는다는 것은 엄두도 내지 못한다.

가정경제도 나라 살림과 마찬가지로 부부가 화합해서 서로 의논하여 터놓고 예산을 세워서 계획적으로 운영한다면 얼마나 좋을까? 당연히 그래야 한다는 것을 잘 알면서 실천하는 게 그리 쉬운 일이 아니었다. 결혼과 동시에 양가 부모님에게 맏이 노릇을 하면서 집안의 대소사를 책임져야 한다는 생각으로, 신혼 초 넉넉지 못한 월급을 쪼개서 집안의 대소사를 챙기느라 쪼들리는 것은 예나 지금이나 마찬가지다.

주변 사람들을 보면 처음에는 거의 비슷한 상황에서 출발했는데 우리보다 경제적으로 훨씬 여유를 부리면서 사는 것처럼 보인다. 오십 대에 들어서면 어느 정도 인생의 성공 여부가 느껴지는데, 우리는 사실상 두 배의 교육비와 양육비로 저축도 별로 못하고 겨우 집 한 채 평수 넓혀 온 것이 전부였다. 그나마 대부분 퇴직해서 일자리가 없는 친구들에 비하면 지금도 일을 할 수 있는 남편의 직업이 천만다행이다. 퇴직 나이와 상관없이 전문직으로 일을 하기 때문에 아마도 십 년은 남들보다 젊게 살고 있는 것은 아닐까.

요즘에 부자인 부모에게서 태어나 부모덕을 보면 '금수저' 이고, 가난한 부모에게서 태어난 사람은 '흙수저' 라는 말이 있듯이, 부모의 경제력으로 기반을 빨리 잡은 사람들에게는 그래도 살만한 세상이다. 그러나 '부익부富益富, 빈익빈貧益貧' 이라고, 돈 많은 사람은 갈수록 더 부자로 살고, 가난한 사람을 갈수록 더 가난해질 수밖에 없는 현실의 문제점들을 감안해 볼 때, 흙수저로 태어나서 부자가 된다는 것은 엄두도 내지 못할 일이다.

따라서 우리 아이들에게 흙수저를 주었으니 앞으로 얼마나 더 열심히 일하면서 살아가야 할지 염려스럽다. 갈수록 빈부격차가 심한 세상에서 과연 우리 아이들을 생각하면 막막해진다. 때문에 결혼하지 않으려는 젊은 청년들의 심정도 헤아릴 수 있다.

80년대 결혼할 당시 우리는 미래에 대한 두려움을 모르고 시작하였다. 그 당시에는 오로지 남편 하나만 믿고 살면 된다고 생각했던 것이 시행착오였는지도 모른다. 대기업 사원의 월급이지만 그 돈으로 살림살이를 꾸려가고 저축을 하면서 미래에 대한 희망은 그리 어둡지 않았었다. 육십 대 중반인 남편은 오늘도 물 위에서 유유히 헤엄치는 물오리처럼 물속에서는 쉼 없이 발짓을 해야만 한다고 말하면서 현관문을 나선다.

그나마 우리 세대에는 이렇게 절약하고 아끼면서 힘겹게 집을 장만하고 부모를 모시는 세대였지만, 요즘 젊은이들은 우리와 달리 다방면으로 풍족한 삶을 살면서도 더욱더 불안해 보인다. 대학을 졸업하고도 취업난 때문에 사회로 출발하는 시점부터 어둡고 불투명한 미래에 대한 부담감을 갖지 않을 수 없다.

불과 10여 년 전인 오십 대까지만 해도 지금처럼 불안한 생각은 별로 들지 않았다. 어느새 육십을 넘고 보니 불안감이 점점 커진다. 그것은 아마도 건강에 자신 없고 경제적으로도 확실한 대책 마련을 해 놓지 못한 까닭이다. 남편은 죽어라 일하면서 돈을 벌기 위해 애를 써 온 반면에 나는 사회봉사일로 오히려 생활비에 보탬은커녕 많은 돈을 문학과 봉사활동을 하는 데 써 왔기 때문이다.

그 돈을 모아서 저축했더라면 하는 생각이 들다가도 오히려 내가 봉사를 많이 하였기 때문에 더 많은 복을 받고 있다는 생각을 해 본다. 물론 한때는 아이들 뒷바라지를 하면서 과외도 하여 생활비에 보탠 적도 있지만, 거의 남편이 벌어다 주는 돈으로 살고 있기 때문에 때론 미안한 마음이 더 크다.

그나마 내가 참 잘해 온 것이 하나 있다면 바로 보험이다. 가족 모두의 건강보험, 실비보험, 암보험, 종신보험 등 어지간한 보험은 다 가입을 해 놔서 노후대책에 큰 힘이 될 거라는 생각이 든다. 그렇다 해서 아직까지 보험금을 크게 타 본 적도 없지만 그만큼 건강하게 살아왔다는 생각으로 오히려 안심이 된다. 단지 아이들에게 크게 물려줄 재산이 별로 없기에 아이들 스스로 우리가 살아온 것처럼 잘 극복해 나갈 수 있을는지 염려스럽다.

요즘 중산층의 기준이 20억 원의 재산을 가져야 한다는데, 강남권 아파트 한 채 값만 해도 20억 원이 넘으니 그곳에 사는 사람들은 거의 중산층의 범주에 속한다고 본다. 그러나 대부분 그 안에 포함되지 못하는 사람들이 더 많다. 그렇다고 하여 돈의 많고 적음으로 우리가 살아온 인생의 성공 여부를 판가름할 수 있는 것 또한 아니다. 노후에 대부분 '부자富者' 기준을 자식의 성공 여부와 돈의 많고 적음으로 비교하게 되는 것은 어쩔 수 없는 현실이다.

건강한 몸과 마음으로 자식들에게 혹은 남에게 신세 지지 않고, 죽는 날까지 스스로 살아갈 수만 있다면 이보다 더 큰 부자는 없을 것이다.

프로아나족

　"뼈만 남고 싶다."면서 '개말라 인간' 혹은 '뼈말라 인간'을 꿈꾸는 십 대들 사이에서 번지고 있는 '프로아나족'이 빠르게 늘고 있다. '프로아나족'이란 찬성을 의미하는 '프로pro'와 거식증을 뜻하는 '애너렉시아anorexia'의 합성어로 지나칠 정도로 마른 몸매를 추구하는 사람을 뜻한다. 그들은 신체적, 정신적 기능 손상의 위험을 초래하는 거식증으로 인해 사망률이 15%에 이른다고 하니 위험한 질환이 급속도로 번져가고 있다.

　뼈가 보일 정도로 깡마르고 비정상적인 몸매를 선망하는 십 대들은 무작정 굶든가 먹고 나서 토하는 것을 반복하기도 하고 변비약이나 이뇨제를 습관적으로 먹고 있다. 더군다나 마른 상태인데도 뚱뚱하다고 생각하면서 하루 동안 종이컵으로 한 컵 정도의 밥을 먹으면서 몸에 이상 증세가 나타나는데도 병원을 찾는 경우가 거의 없다고 한다.

　심지어 나프탈렌을 사용하면 혀가 마비되어 식욕을 억누르게 되고, 면도칼로 혀를 베거나 피어싱을 하여 혀에 구멍을 뚫다 보면 먹기가 불편해 덜 먹게 된다는 이유로 이러한 극단적인 방법을 택하기도 한다. 그러다 보면 생리가 끊어지고 치아가 손상되는 등 건강에 이상 신호가 오더라도 절대로 다이어트를 멈춰서는 안 된다면서 그 릇된 정보를 주고받기도 한다.

십 대들 대부분이 아이돌을 동경하면서 그들과 비교하려고 하기 때문에 SNS(트위터나 유트브, 인스타그램 등)을 통하여 마른 몸매를 가질 수 있는 정보를 공유하기도 한다. 이렇듯 청소년기에 성격적 문제나 강박장애 등 정신적인 이상을 초래하는 프로아나족을 그냥 바라볼 수만은 없다.

미美의 기준도 시대가 흘러가면서 급속도로 변하고 있다. 불과 30년 전인 70~80년대만 해도 통통하고 복스러운 얼굴을 부잣집 맏며느리감이라고 하여 마른 몸매를 가진 여성보다 복스러운 얼굴을 선호하였다. 그 당시에는 먹을 게 그다지 풍요롭지 못하기 때문이기도 했지만 비교적 마른 사람들이 더 많았다.

지금이야 풍요롭고 다양한 먹거리로 인해 비만인 사람들을 흔하게 볼 수 있다. 그렇기 때문에 비만에 대한 안 좋은 선입견을 가지고 무조건 마르고 날씬해야만 아름답다고 생각하는 여성들치고 다이어트 시도를 해보지 않은 사람이 거의 없을 정도다. 또한 여러 방송사에서는 수시로 비만은 여러 질병을 초래한다면서 ○○○ 가루니, ○○ 식품 등 다양한 건강보조식품을 먹으면 다이어트에도 좋고 건강에도 좋다고 비만의 위험성을 강조하고 있다.

비만도 질병이라고는 하나, 비만의 기준은 체중과 키에 비례하여 사람마다 다를 수 있다. 그럼에도 불구하고 무조건 체중이 적게 나가야 한다고 생각한다. 옷 사이즈도 44, 55, 66, 77, 88 등으로 구분하여 대부분 66 사이즈만 입어도 날씬한 편인데 그 이하 사이즈를 입어야 날씬하다고 생각하는 경향이 있다. 사람마다 체형도 몸매도 다 다른데 어찌 마른 사람만 예쁘다고 생각하는지….

또래 사이에서 '아름답다', '예쁘다' 라는 말을 듣고 싶어 하는 십 대끼리 주고받는 심리적인 요인에도 문제가 있지만, 그들을 지켜보면서 막을 수 없는 부모들의 입장에서도 안타까운 일이다.

건강한 정신에서 건강한 육체가 만들어지고, 한창 공부할 나이에 학업에 열중하지 못하고 몸매에 목숨까지 내걸고 도전하는 겁 없는 십 대들의 모습이 걱정스럽다.

어른이 되면 나도 모르게 이곳저곳이 온갖 질병에서 벗어나지 못하게 되는데, 한창 건강하고 아름다운 나이에 무리한 다이어트로 자신을 학대하면서도 그 심각성을 인지하지 못하는 아이들을 이대로 지켜만 보아서는 안 된다.

연예인을 좋아하고 한창 극성스런 팬이 되어 연예인을 꿈꾸는 아이들에게 올바른 정신을 심어주지 않으면 건강을 해치고, 성인이 되어서도 건전한 사고로 살아갈 수 없다.

제3장

환경과 자연

물의 눈물꽃

한상림

지구 한 모퉁이에선
가뭄으로 모든 것들이 말라가고 있어요
아프리카 사막을 뒹굴고 있는 동물의 뼈들과
죽어가는 코끼리 눈가에 맺힌
검은 눈물자국 본 적 있나요
마지막 남은 한 방울까지 짜내며
압화처럼 눌러 앉아
자연으로 되돌아가려는 눈물꽃,
활짝 핀 꽃송이로 다시 피어나는 날
바람은 작은 꽃잎 들춰가며
전설처럼 들려오는 물의 이야기를
슬몃슬몃 전해줄 거에요

01 종이로 사라지는 나무와 숲

　현재 지구의 원시림은 3분의 1밖에 남지 않았다고 한다. 종이의 원료가 되는 펄프는 나무를 이용해 만들기 때문에 종이를 쓰면 그만큼의 나무를 사용하는 것이다.

　정보화 시대에 모든 행정업무를 컴퓨터로 처리하기 때문에 종이 사용량이 줄어들 것이라 예상했지만, 애플의 매킨토시가 탁상출판 시대를 열면서 편리한 프린트기의 발달로 인해 종이 사용량은 기하급수적으로 늘고 있다. 컴퓨터는 행정업무의 생산성을 극도로 높였고, 이는 문서의 인쇄물 증가로 이어졌다. 지금 우리는 종이의 미래에 대하여 고민해 본 적 없이 무심코 사용하고 있는 것은 아닐까.

　종이의 종류도 다양하지만 크게 몇 가지로 나누어서 생각해 보면, 우선 매일 우리가 마시고 있는 커피나 물, 음료들을 담는 종이컵과 출판물에 사용하는 인쇄용지와 산업용지, 그리고 사무실 업무용 A4 용지가 있다. 그중에서 생활에서 쉽게 재활용할 수 있는 A4용지의 이면지 사용에 관해서만 언급하고자 한다.

　사람을 죽여야만 살인자가 되는 것이 아니다. 인간에게 나무는 없어서는 안 될 인류의 자산이다. 나무를 원료로 수많은 생산품이 쏟아져 나오고 있다. 특히 현재 산업계가 숲에서 벌목하는 나무 가운데 42%는 펄프의 원료로 사용되어 종이를 만든다. 벌목에서부터 종이가 만들어지고 처리되는 과정에서 인권 유린, 지구 온난화, 유독성 화학물질 배출 등으로 인간과 자연 모두 병들고 있는 실정이다. 이야말로 간접 살인이 아닌가 싶다. 하지만 세계의 종이 소비량은 날로 증가하고 있다.

해마다 점점 심해지는 미세먼지로 인하여 바짝 긴장하고 있다. 이는 중국에서 오는 황사도 원인이지만, 우리나라에서 발생하는 먼지와 환경오염이 주범인 동시에 숲이 사라지고 있다는 점이다. 산소가 부족하거나 숲에다 저장해 두는 물 부족으로 세계는 사막화가 되어가고 있는데도 종이를 마구 사용하고 쉽게 버리고 있으니 그야말로 눈에 보이는 것이 전부는 아니다.

1970년대만 해도 종이가 소중하고 귀했었다. 책 한 권 사 보기도 어렵거니와 새 학기만 되면 헌책방을 돌면서 낡은 교과서로 공부했다. 그 당시 입시 공부를 하려면 문제집을 많이 사서 풀어봐야 하는데 학교에서 과제를 내준 문제집을 살 돈이 없어서 쉬는 시간만 되면 친구들 것을 빌려서 베껴가며 숙제를 했다.

도배할 때 쓰는 초배용 마분지에 글씨를 쓰려니 걸핏하면 찢어지고 잉크가 번졌다. 더군다나 볼펜도 아껴 써야 해서 잉크병에 스펀지를 넣어 펜으로 찍어서 쓰거나 몽당연필을 모나미 볼펜 깍지에 끼워 썼었다. 어쩌면 그때의 근검절약 정신이 몸에 배어서인지 지금도 A4 용지 이면지를 모두 모아서 원고를 쓰거나, 매일 시집詩集을 필사하고 있다. A4 용지가 얼마나 질이 좋은지 한 장이라도 거저 버릴 수가 없어 모두 모아 이면지에 습작하고, 메모나 일기를 쓰면서 신문, 방송에서 나오는 좋은 정보나 자료들도 꼼꼼히 정리하는 용도로 사용하고 있다.

종이를 재활용하게 되면 1톤당 30년생 나무 172그루 정도를 살릴 수 있다. 우리나라에서 한 해 복사용지 사용량이 209만 톤 정도라니, 그 양은 63빌딩 700여 개를 쌓을 수 있는 높이라고 한다. 그런데 더 끔찍한 것은 그중 절반 가까이가 재활용되지 못하고 쓰레기로 버려진다는 것이다.

아낌없이 주는 나무를 생각해 보면, 이제는 우리가 나무와 숲을 지켜줘야만 종이의 미래도 있다. 나무를 심는 것도 중요하지만 종이를 아껴 쓰는 것이 더 중요하다. 그래야만 환경을 지키고, 지구도 살릴 수 있고, 우리의 후손들이 지금보다 더 쾌적한 환경에서 살아갈 수 있다.

어느 날 갑자기 종이가 사라진다면?

참으로 끔찍한 상상이다. 당장 이면지를 재활용하기 위한 혁신적인 아이디어가 필요하지 않을까? 예를 들면, 프린트기에 인쇄한 용지를 넣으면 인쇄된 글자가 지워지는 프린트기를 개발한다던가, 종이 물병, 이면지를 활용한 메모지, 단어장, 가계부 등, 우리 주변에서 내가 먼저 앞장서서 종이를 아껴 쓰는 습관을 실천했으면 하는 바람이다.

'마중물'이라는 말이 있다. 즉 우물의 물을 길어내기 위해 한 바가지 정도의 물을 붓는 것을 말하는데, 나무와 숲을 지키려면 종이를 아껴 쓰는 일을 생활화해야 한다. 미래 자원에 대해 공부하고 연구하는 것도 중요하다. 하지만 그보다 중요한 것은 실천이다. 누가 주문하고 시켜서가 아니라, 캠페인을 벌이고 구호를 외치는 것보다 내가 먼저 나무와 숲을 지키려는 '마중물' 역할을 했으면 하는 간절한 바람이다.

02 플라스틱의 역습

- 빨대와의 전쟁 선포

　바다거북의 콧속에 박힌 빨대를 뽑는 순간 선홍빛 코피가 흘러나오는 동영상을 보면서 우리가 무심코 사용하고 있는 빨대에 대한 경각심을 느꼈다. 아기들이나 노약자가 빨대를 이용하여 마시던 때가 불과 몇십 년 전이었다. 성인들은 빨대를 사용하지 않고 그냥 입으로 마셨었다. 그런데 요즘 커피 전문점이 늘어나면서 일회용 종이컵과 플라스틱 뚜껑에 꽂혀있는 플라스틱 빨대 사용이 일반화되었다.

　2015년 통계에 우리나라 연간 일회용 플라스틱 컵 사용량은 257억 개이며, 이는 국민 한 명당 1년에 500여 개의 플라스틱 컵 쓰레기를 버리는 양"이라고 밝혔다. 그렇다면 거기에 따른 빨대 역시 그 이상으로 많이 사용되고 있다는 근거이다. 무심코 사용한 빨대의 수거율은 낮은 데다가 다른 쓰레기 속에 파묻혀서 그대로 폐기물로 매립하고 있는 실정이다.

　버려진 플라스틱 컵과 빨대들은 바다에 떠밀려가서 미세플라스틱으로 변하게 된다. 미세플라스틱은 자연 풍화로 인하여 가루가 되어 바닷물에 섞인다. 또한 크릴새우가 미세플라스틱 가루를 먹으면 오징어와 물고기들이 크릴새우를 먹고, 그 오징어나 물고기들이 우리 식탁으로 되돌아오는 불안한 먹이사슬이 얽혀있다.

빨대의 대부분은 폴리프로필렌(PP)으로 미세화되는 플라스틱 재질이다. 이로 인해 물벼룩의 상당수가 부화하지 못하고 죽기도 한다. 즉 조류-물벼룩-물고기-사람의 먹이사슬을 통하여 우리 인체에 큰 영향을 주는 것이다. 삼면이 바다로 둘러싸인 우리나라는 어쩌면 가장 큰 피해국이 될 수도 있다. 가까운 중국에서 밀려오는 쓰레기들이 우리나라 바닷가에서 많이 발견되고 있기 때문이다.

우리나라 서해안에서 바다거북과 고래류의 위장에서 비닐과 플라스틱 등이 발견되었다. 또한 제주 해안에서는 어린 암컷 뱀머리돌고래가 구조된 지 5일 만에 구토를 반복하다 폐사하여 부검했는데 위속에 비닐과 엉킨 끈 뭉치가 발견되었다.

해양쓰레기로 바닷속 동물들이 죽어가고 있는 것은 세계 곳곳에서 이미 오래전부터 터져 나왔고, 지구 전체의 환경문제로 점점 번져가고 있다. 매년 800만~1,300만 톤의 플라스틱 쓰레기가 고스란히 바다에 버려지고 있다. 해류를 따라 흘러간 커다란 플라스틱이 태평양 한가운데 모여 한반도 크기의 7배에 달하는 거대한 쓰레기 섬을 만들었다고 하니 놀라지 않을 수 없다.

우리도 비닐사용을 줄이자고 서둘러 환경문제를 심각하게 받아들이고는 있으나 아직도 편리한 사용에 익숙해진 국민들은 쉽게 못 줄이고 있는 실정이다. 더군다나 48년간 해수 온도가 1.11도 올라 세계 평균의 두 배 이상 급격히 뜨거워지고 있다.

올여름만 해도 평균 35도를 웃도는 낮 기온으로 거리에 나서면 푹푹 찐다. 지구는 무한 뜨거워지는데 거기에 플라스틱을 만드는 과정에서 이산화탄소가 발생하다 보면 지구온난화가 더 가속화되고, 일회용 쓰레기로 인하여 모든 생명체가 위협을 느끼지 않을 수 없다.

세계 곳곳에서 이미 플라스틱 빨대 사용을 금지하고 있다. 꼭 빨대를 사용해야 하는 경우에는 빨대의 포장지에 "식물성 소재로 사용 후 자연분해가 가능합니다."라는 문구가 새겨져 있다. 미국의 시애틀에서는 조례로 플라스틱 빨대 사용을 금지했다. 요즘 커피숍에서의 일회용 플라스틱 컵 사용을 규제하고 있지만 테이크아웃과 플라스틱 빨대 사용은 여전하다. 자연분해가 가능한 식물성 소재 빨대로 빨리 대체해야 한다.

당장 빨대 없이 살아갈 수는 없는 것일까? 서둘러 친환경 빨대를 사용하도록 법으로 규제를 하고 국민들도 되도록 빨대 사용을 자제하는 의식개선이 필요한 시점이다. 유리나 스테인리스 빨대를 만들어서 재사용하는 방법과 옥수수 전분을 이용해 만든 빨대 혹은 종이 빨대 등 조금만 연구하면 좋은 방법들이 많다. 이 또한 당장 개선하기 어렵다면 우리 일상에서 스스로 먼저 빨대 사용을 줄이는 수밖에 없다.

이제 인류는 국가와 이념의 분쟁이 아니라 자연환경과의 전쟁을 치러내야 한다. 어느 한 쪽을 파괴하고 무너뜨리는 전쟁이 아니라 인간과 자연의 공생을 위한 전쟁이 우리 문명의 문턱에 와 있다.

03 미세먼지와 전쟁

-지구의 가쁜 숨소리 들리지 않나요

몇 해 전만 해도 3월이 오면 꽃샘추위와 함께 황사로 인한 대기오염만 심각했을 뿐 '미세먼지'라는 용어조차 별로 사용하지 않았었다. 그런데 요즘은 외출 시 혹은 실내에서도 마스크를 착용하고, 일기예보의 미세먼지 농도를 '좋음, 나쁨, 보통' 등 눈여겨보아야 하는 실정이다. 이는 대도시에서뿐만 아니라 우리나라 전역으로 퍼져 있어 농촌이나 산골 마을에서조차도 피할 수 없다.

중국에서는 자기들을 탓하지 말라고 오리발을 내밀지만, 위성사진으로 관찰한 결과 대부분 중국에서 우리나라로 밀려온 게 사실이다. 상해에서는 인공우를 내린다고 높은 상공에서 물을 뿌려 봐도 일시적으로 감소할 뿐 문제의 원인인 미세먼지를 줄이지 않는 한 뚜렷한 해결방법이 없다. 우리나라 역시 미세먼지 발생 원인이야 다양하겠지만 발원지가 중국인 미세먼지로 인하여 가장 큰 피해를 보면서도 벙어리 냉가슴 앓듯 항의를 해봐도 먹히지 않는다. 결국 한국과 중국 두 나라가 협력하여 대책 마련을 연구하는 수밖에 없지 않은가? 서로 남의 탓만 하면서 떠밀기엔 시간이 너무 없다.

요즘 맑은 하늘을 보는 게 결코 쉽지 않다. 사람들은 뿌연 하늘을 보면서도 전쟁이라고 생각하지 않는다. 미세먼지와의 전쟁이라고 생각해 보자. 만약 화생방 경보가 울리게 되면 사람들은 방독면을 쓰기 위해 아우성칠 것이다. 누군가 당장 피를 흘리고 죽는 것만이 전쟁이 아니라 숨을 쉬기 힘들 만큼 미세먼지가 우리의 몸과 생활공간 곳곳으로 스며들어 우리의 생명을 위협하고 있기 때문에 전쟁인 것이다.

그렇지 않아도 우리나라 암 사망률 중 폐암 사망률이 1위인데 앞으로도 점점 폐 질환 환자 수가 늘어날 수밖에 없다. 학생들이 교실에서 마스크를 착용하고 회사나 병원, 가정집에서까지 마스크를 쓰고 살아야 한다면 얼마나 불편하고 끔찍한 일인가? 따라서 근본적인 원인을 제거하지 않는 한 갈수록 미세먼지로 인한 불안감은 심각해질 것이다.

국가에서는 '차량 2부제'를 실시해 동참을 호소하고 있지만, 관공서에서만 제한할 뿐이라 그런지 휴일 나들이 차량을 보면 그다지 큰 효과를 얻지 못하고 있는 것같다. 4월이 되면 꽃구경 나들이 차량으로 전국 도로는 미어터진다. 그렇게 대중교통을 이용하기보다 자가용 차량으로 가는 사람들이 많기 때문에 배출가스로 인한 대기오염을 무시할 수 없다.

몇십 년 전까지만 해도 우리나라 주택의 난방 연료는 대부분이 연탄이었다. 그 당시 연탄가스 배출량도 어마어마했다. 그런데 지금에 와서 왜 이런 예상치 못한 미세먼지로 인해 우리의 생명을 위협받고 있는 것일까?

그것은 바로 인간들이 빚어낸 욕심 때문이다. 이 광활한 우주 안에 지구라는 별은 어느 별보다 축복받은 별이었지만, 사람들의 욕심으로 인해 점점 폐허가 되어 죽어가고 있다. 그것도 아주 빠른 속도로 새로운 것을 추구하고 발전시키려 하면 할수록 망가지고 있다.

지구는 지금 대기오염과 쓰레기로 인하여 몹쓸 병이 들었고, 이미 숨을 쉴 수 없다고 신음하면서 '아프다'고 가쁜 숨을 몰아쉬고 있다.

04 물, 우리의 생명수

　불과 40여 년 전만 해도 우리나라에서 생수를 사 먹는다는 것은 꿈에도 생각하지 못했다. 그 당시 사우디아라비아 해외근로자들이 휘발유값보다 더 비싼 돈을 주고 생수를 사 먹는다고 했을 때 상상이 안 됐는데, 어느새 우리도 수돗물보다 생수를 사 먹는 데 익숙해졌다. 서울의 아리수는 그냥 마셔도 될 만큼 공공기관에서 페트병에 담아서 음료로 이용해 왔지만, 요즘에는 플라스틱 쓰레기 문제로 인하여 사용을 제한하고 있다.

　얼마 전 TV 다큐 프로그램에서 본 장면이 아직도 지워지지 않는다. 섭씨 70도가 넘는 에티오피아 모래사막을 맨발로 걸어서 학교에 다니던 배고픈 어린 학생이 1시간 이상 걸어가서 우물을 찾아 고통스런 갈증을 해소하는 모습이다. 이 장면을 보고 우리는 여태 물에 대한 감사함을 모르고 물을, 물 쓰듯이 쓰면서 살고 있다는 생각이 들었다.

　지금도 방글라데시에서는 우기가 되면 수만 명의 이재민이 발생해 재산과 생명을 잃고 있다. 가뭄이 들면 물이 없어서 살기 힘들고, 홍수가 나면 오히려 세균이 가득한 물로 인해 전염병으로 죽을 수밖에 없는 실정이다. 방글라데시뿐 아니라 인도와 중국 역시 마찬가지다.

그렇다고 우리나라가 물 자원이 넉넉한 것도 아니다. 현재 물 부족 국가 153개 국가 중 129위로 물 스트레스 국가라는 것을 알아야 한다. 국제인구행동연구소는 1인당 사용할 수 있는 물의 양이 앞으로 더욱 줄어들 거라고 보고 있다. 그래도 수질지수 역시 프랑스, 미국, 오스트리아, 독일 등 선진국을 제치고 세계에서 8번째 좋은 나라로 뽑혔다는 것은 천만다행이다.

UN에서는 물의 소중함을 알고 또 물 부족에 대한 세계적인 공감대와 협력을 이끌어내고자 매년 3월 22일을 '세계 물의 날'로 지정해 행사를 하고 있다. 우리나라는 1990년부터 7월 1일을 '물의 날'로 정하여 행사를 개최하다가 UN에서 '세계 물의 날' 행사에 동참할 것을 요청해 1995년부터 3월 22일로 '물의 날'을 변경하였다.

환경부에서도 물 부족 문제를 해결하기 위해 온갖 노력을 다하고 있다. 빗물, 하수처리수 재이용을 통해 생활용수 부족 문제를 해결하고, 지하수, 발전댐, 농업용 저수지 등 유역 내 수자원 확보를 위한 해결방법을 찾고 있다. 또한 4대강 개발로 애초 생각했던 바와 달리 부작용이 나타나는 곳은 자연성 회복을 지속적으로 추진하여 생태계 복원을 위한 방법을 추구하고 있다.

현재 물 부족도 문제이지만 수질오염 또한 큰 문제이다. 가정에서 사용하는 생활하수와 공장폐수 등으로 버린 물이 강으로 흘러 들어간다. 그 강물을 정화해서 다시 우리가 먹게 되는 물의 순환을 생각한다면 세제 사용을 줄여야 하고, 한 방울의 물도 헛되이 흘려보내서는 안 된다. 한 컵의 수돗물을 만들기 위해서는 여러 가지 과정을 거쳐야 가정으로 돌아온다.

몇 해 전에 상수원에 견학을 다녀오고 나서 물에 대한 생활습관과 인식이 달라졌다. 수돗물이 만들어지는 과정을 현장에 가서 보고난 이후 정말 물을 많이 아껴 쓰게 되었다. 우리 주변에서 가장 흔한 것이 물이라고 해서 물의 소중함을 금세 잊고 함부로 펑펑 쓰기 일쑤다.

가끔 세탁기 속에 세제를 넣으면서도 세제 양을 너무 많이 넣고 있는 건 아닌지 되돌아보자. 세탁용 세제들이 요즘은 아주 잘 만들어져서 다양한 선택을 소비자들이 하고 있지만, 세제를 만드는 회사에서 얼마만큼의 수질오염을 염두에 두고 있는지 의문이다.

내가 버린 물이 다시 내 입으로 돌아온다는 사실을 누구나 인정하면서도 쉽게 물 절약을 실천 못하고 있다는 사실을 깨닫고, 지금이라도 물 부족에 대한 심각함을 인식하고 절약을 실천했으면 한다. 이를 위해 국가에서 끊임없이 노력하고 있지만, 국민 개개인이 따라주지 않으면 성공에 이를 수 없다.

물은 우리의 생명수이다. 우리 몸의 70%를 차지하고 있는 수분의 양이 중요하듯이, 지구라는 별의 70% 이상도 물로 이루어져 있으니 그만큼 물의 소중함도 큰 만큼 우리 모두가 한 방울 물도 아껴 쓰고 더 이상 환경이 오염되지 않도록 노력해야 한다.

05 쓰레기 대란

'쓰레기 대란'은 오래전부터 예고된 일이다. 이미 30년 전부터 환경문제를 거론하면서 "지구가 아파요, 쓰레기를 줄이고 분리수거를 해야 합니다." 하고 외쳐 왔다. 그 당시에는 마구 섞어 버려 쓰레기 분리수거에 대한 부족한 인식만 느꼈을 뿐이었다. 그러나 쓰레기 양은 점점 더 늘어나고 분리수거 방법에 대한 교육조차 제대로 이뤄지지 않아 아직까지도 크게 개선된 점이 없다.

2013년부터 폐기물 수입을 줄여오던 중국이 2017년 4월 재활용 폐기물 수입금지 결정을 내리고 세계무역기구에 통보했다. 2018년 1월 폐기물 수입금지 조치가 발효되자마자 26만 톤(2017년)을 수출했던 우리나라도 발등에 불이 떨어졌다. 반면에 일본이나 독일, 미국, 핀란드 등 세계 여러 나라에서는 오래전부터 분리수거를 철저히 이행하여 전 세계적인 충격에도 큰 흔들림이나 혼란이 없었다.

환경부에서는 종전대로 수거를 다시 시작하였다고는 하나 분리수거업체와 제대로 협의를 맺지 않은 상태에서 섣부른 발표를 하여 국민들만 더 혼란의 불씨를 키우고 있는 실정이다.

우선 이 문제점에 대하여 정부와 생산자와 국민의 입장에서 풀어 볼 필요가 있다.

첫째, 환경부에서는 이미 3년 전부터 '쓰레기 대란'에 대하여 알고 있으면서도 대책 마련에 게을리하였다. 항상 '소 잃고 외양간 고치는' 격으로 어떤 문제가 크게 터져야만 수습하기에 바쁜 정부를 바라보면 가장 피해를 보는 것은 국민이다. 더군다나 폐비닐과 폐스티로폼에 이어서 앞으로 폐지와 폐의류 등도 중국에서 수입하지 않을 거라니 걱정이다.

따라서 생산자책임분담금과 생산자책임재활용제도(EPR) 현실화 및 품목 확대 등이 절실히 요구되는 실정이다. EPR(Extended Producer Responsibility) 개념은 종전의 생산자들은 재활용이 쉬운 재질 구조의 제품을 생산하여 이를 판매하는 시점까지만 책임을 지고 사용 후 발생한 폐기물은 소비자의 책임이었다. 그러나 이제는 사용 후 발생하는 폐기물의 재활용까지 생산자의 책임으로 범위를 확대한다는 의미이다.

초기에는 처리 비용의 100%를 환경부에서 돌려주었지만, 지금은 생산자가 25~35% 정도 감면받고 감면된 금액을 협회나 조합에 내는 형태로 되어 있다. 그렇다 보니 협회나 조합에서 운영비로 쓰고 나머지 적은 금액을 처리업체에 지원해 주어 일선 업체들이 어려움을 겪게 되는 것이다.

이에 따른 정부의 일관된 정책도 정착되어야 한다. 외국에서는 쓰레기 문제를 '환경'적인 측면에서 다루는 반면에 우리나라에서는 '상품'으로 보기 때문에 처리보다는 우선 수익구조로 운영해 와서 이러한 문제가 초래된 것이다.

그동안 환경부에서는 '재활용 쓰레기 문제'에 대하여 정책적으로 너무 등한시한 것도 사실이다. 이제 "청소행정도 국가행정"이라는 슬로건을 구체화해야 한다. 국민 스스로가 지금의 쓰레기 문제를 해결하지 못하기 때문에 국가에서 책임지고 문제를 해결해 주어야 국민이 그 정책에 잘 따를 수 있다.

둘째로 생산자, 즉 대기업에서는 국내에서 수거한 재활용 쓰레기들을 우선 사용토록 의무비율을 조정해야 하며, 환경부에서도 이들에 대한 규제 중심보다는 재활용 쓰레기를 소화할 수 있도록 완화해 주어야 한다. 다음으로 가장 큰 문제는 상품에 대한 과대포장이다.

과대광고나 과대포장을 줄이고 재활용 분리수거 작업이 수월하도록 생산과 포장하는 방법도 개선해야 한다. 플라스틱은 만들 때부터 재활용은(1등급) 관심 밖이고 '재활용 불가(3등급)'가 수두룩하다고 한다. 재활용 불가인 3등급은 모두 소각해 버리는데, 분리수거가 어렵다 보니 1등급까지 모두 소각하게 되는 것이다. 따라서 생산단계부터 재활용할 수 있도록 포장재의 재활용 등급을 잘 분리해서 제작해야 한다. 또한 스마트폰으로도 재활용품 분류를 쉽게 터득할 수 있는 앱을 만들어서 이용하는 방법도 연구해 봐야 한다.

마지막으로 국민들의 인식개선이 가장 시급하다. 가까운 일본에서는 어릴 적부터 재활용 분리수거에 대한 철저한 교육이 이뤄지고 있다. 거동이 불편한 수급자들에게는 동 직원이 찾아가서 수거를 제대로 할 수 있을 때까지 가르쳐주기도 한다.

'쓰레기 대란'이 일어나자마자 고속도로 휴게소나 대형마트, 백화점 쓰레기통에 가정에서 몰래 가져온 쓰레기까지 버리고 있는 우리의 비양심적인 모습은 참으로 부끄럽기 짝이 없는 노릇이다. 우리나라 국민의 비닐봉지 사용량이 2015년 기준 1인당 연 420개로 핀란드의 105배나 사용한다고 하니 무엇보다도 가장 중요한 것은 장바구니를 사용하고, 되도록 일회용 비닐 사용을 줄여야 한다.

문명의 이기利器가 발달하면 할수록 쓰레기는 점점 늘어나고 편리함만을 추구하다 보면 오히려 부메랑처럼 우리에게 되돌아오는 것이 쓰레기다. 미래의 환경을 생각해서 우리가 스스로 자원을 아껴 쓰고, 자연을 보호하고, 절약하는 습관만이 지구환경을 지켜내는 대안이 될 것이다.

06 먹방, 외식문화 그림자

보릿고개와 배고픔은 이제 전래동화에서나 읽을 만한 이야기가 되었다. 겨울철에는 삶은 고구마로 점심 한 끼를 때웠고, 무 시래기죽을 먹으면 금세 배가 꺼져서 긴긴 겨울밤 허기를 참아야 했던 가난한 추억도 고스란히 옛날이야기로 남아있다.

초보 주부 시절에는 음식을 버리면 죽어서 그 버린 음식을 다 먹어야 한다는 말을 듣고, 남은 음식을 다 먹어 치우던 때가 있었다. 그런데 요즘은 냉장고에 음식 재료들을 가득 채워놓고 유통기한이 지나면 찜찜한 마음에 버리기 일쑤다. 또한 식당에 가서 음식을 주문해놓고 접시에 조금씩 담아주면 왠지 먹음직스럽지 않다고 투덜대기도 한다. 우리는 무엇이든 넘치고 가득해야 맛있다고 생각한다. 이런 그릇된 식탐 때문에 환경이 오염되어 가고 있다.

요즘은 음식물쓰레기 종량제봉투나 음식물쓰레기의 무게를 측정하여 세금을 부과하는 형태로 바뀌어서 그나마 가정에서도 절약하려고 노력하고 있지만, 음식물쓰레기로 인한 사회적 손실 비용이 연간 30조가 넘는다.

몇 해 전에 음식물쓰레기처리장 견학을 다녀온 적이 있었다. 한여름에, 입구에서부터 악취를 풍기고, 온갖 오물로 범벅돼 질퍽해진 길을 코를 틀어막고 들어가 처리장 내부를 돌아보았다. 국물을 뺀 나머지 건더기를 전기로 건조시킨 후 분쇄하면 퇴비가 산더미처럼 쌓인다. 그 과정에서 포크, 숟가락, 젓가락 등 주방기구들은 한쪽에 걸러졌다. 차고 넘치는 쓰레기들을 매일 집하장으로 가져와 여러 처리 과정을 거쳐 다시 건조시켜서 퇴비로 만든다. 하지만 그렇게 만들어진 유기질비료 즉 퇴비를 농가에서는 꺼린다. 그것은 우리나라 조리문화로 인한 염분 농도 때문에 사용할 수 없다는 것이다. 비교적 짜고 맵게 만들어야 입맛을 돌게 하지만, 결국 쓰레기 줄이자고 음식문화까지 바꿀 수 있는 것도 아니다.

지금도 지구촌 곳곳에서는 아직도 기아에 허덕이며 죽어가는 사람들이 많다는 것을 생각한다면, 이 또한 인간으로서 지어서는 안 되는 죄를 짓는 것이라 생각한다. 무엇이든지 절약하자는 것은 결코 수백 번 강조해도 그릇된 말이 아니다. '절약, 절세, 절식, 절전…' 등 절약해야 하는 것은 분명한데 우리는 말로만 절약 운운하고 정작 실천하기는 쉽지 않다.

요즘 방송에서 가장 많이 보게 되는 프로그램이 바로 '음식'에 대한 이야기들이다. '맛 기행, 먹방, 골목식당, 맛집' 등, 외식과 다양한 음식문화에 대한 사람들 관심이 점점 높아지고 있기 때문이다. 무엇보다도 세계 어느 나라보다 배달 음식문화 역시 우리나라가 최고가 아닌가 싶다. 가만히 앉아서 스마트폰으로 맛집을 찾아서 클릭하면 20분 안에 금방 배달되어 오기 때문에 번거롭게 집에서 해 먹는 음식보다 시간도 절약되고 다양한 음식을 먹을 수 있다.

모임이 있어 한낮 식당에 가보면 대부분 근교 분위기 좋은 집은 여성이 80% 이상 차지하고 있다. 외식문화가 점점 많아지면서 주부들 또한 가정에서 식구들 음식을 손수 만들어주던 때와는 달리 간편 음식에 치중하게 된다. 그러다 보니 막상 준비해둔 재료나 만들어 둔 음식을 제때 해 먹지도 못하고 버리곤 한다.

남녀노소 누구나 기회가 된다면 한 번쯤은 음식물쓰레기처리장 견학을 추천하고 싶다. 그리고 방송에서도 먹는 내용 위주보다는 이러한 쓰레기 처리 과정도 방송해서 간접적으로 국민들이 깨달을 수 있도록 했으면 하는 바람이다.

음식물쓰레기 처리 과정을 생각하면 결국 모두가 돈이다. 물론 가정에서도 세금으로 나가지만 결과적으로 국가적 손실이 매우 크다. 악취 발생과 세균오염, 토양오염, 대기오염, 수질오염, 온실가스 배출, 침출수로 하천오염, 매립지 가스와 악취로 폭발 위험, 해충 번식 등 보건 위생적인 문제와 처리 비용 등으로 국가적인 손실이 클 수밖에 없다.

가정에서나 단체급식소에서나 영업점에서나, 모두 음식물쓰레기를 줄이는 방향으로 노력해야 한다. 무엇보다도 국민들의 의식이 개선되지 않으면 이 문제는 앞으로도 인류의 난제로 남게 될 것이다. 내가 버린 쓰레기가 다시 나에게 되돌아온다고 생각하면 이보다 더 큰 재앙은 없다.

07 껌, 달콤함의 여운 뒤 씁쓸함

살아가면서 누군가가 단물만 빼먹고 뱉어버린 껌을 한 번쯤 밟아 본 적이 있을 것이다. 그것도 새 신발을 신고 한여름 뜨겁게 달궈진 아스팔트 바닥에서 잘 떨어지지 않고 쭉쭉 늘어나면 무척 당혹스럽다.

'껌을 씹는다'는 말은 많은 의미를 담고 있다. 다양한 종류의 껌을 입안에 넣었을 때의 달콤한 맛과 향은 소화효소를 분비시켜 기분을 상쾌하게도 하고, 옆 사람과 부담 없이 나눌 수 있는 기호식품이기도 하다. 또한 술자리에서 남을 씹는 말 역시도 '껌'을 연상하게 된다. 하지만 어떠한 껌이든 씹거나 씹힌 뒤의 문제로 인하여 누구나 가해자이면서 피해자가 되기도 한다.

껌의 역사는 서기 300년경 남미 마야 문명에서 '사포딜라sapodilla'라는 나무의 수지를 삶아 씹던 습관에서 유래되었다. 타액을 분비시켜 소화를 촉진하고 세균 억제와 포만감을 주었기 때문에 오늘날까지 사람들이 꾸준히 기호식품으로 애용하고 있다.

길을 걸으면서 주위를 잘 살펴보면 까맣게 눌어붙은 껌딱지들이 마치 돌에 새겨진 문양처럼 보이기도 한다. 특히 버스 정류장 주변에는 더욱 심하다.

심지어 내가 사는 아파트 현관 주변까지도 얼룩져 있는 것을 보면서 놀라지 않을 수 없었다. 껌을 씹고 나서 버릴 때는 휴지에 싸서 쓰레기통에 잘 넣어 버리는 것이 뭐 그리 힘들고 어려운 일인지 모르겠다. 사실 조금만 신경 쓴다면 별것도 아닌 일로 남에게 불쾌감을 주고 환경오염 문제까지 심각하게 만든다. 또한 정부에서는 귀한 세금을 써서 수시로 껌딱지를 제거한다.

예전에 껌이 귀한 시절에는 모 회사의 '셀렘민트'라는 껌과 풍선껌 등 몇 종류의 껌밖에 없었다. 오일마다 서는 시골 장날에 어머니가 사다 주신 껌이 너무 좋아서 잠들기 전까지 씹다가 벽에 붙여놓고 다음 날 다시 떼어서 씹곤 했다. 떼어낼 때마다 벽지까지 붙어있는 새카매진 단물 빠진 껌에 대한 어두운 추억도 있다. 요즘에는 누구나 가방에 혹은 차에 다양한 종류의 껌을 넣고 다닌다. 여러 종류의 맛과 향을 가진 껌이 흔한 반면에 껌딱지도 여기저기 아무 데나 눌어붙어 길바닥을 어지럽힌다.

세계 여행을 다니면서 보면 길거리에 쓰레기통 찾기도 힘든데도 불구하고 쓰레기통이 여기저기 놓여있는 우리나라 거리보다 더 깨끗하다. 버스 정류장이나 전철역사, 공공시설 등 어디를 가도 휴지통이나 재활용 분리수거함이 눈에 잘 띄게 놓여있지만, 몇 발자국만 걸으면 버릴 수 있는 휴지통을 놔두고도 습관처럼 바닥에 씹던 껌을 뱉는다. 더군다나 이런 행동들은 처벌의 대상조차 아니라는 것이다.

이를 바라보는 시선 역시 눈살을 찌푸리면서도 아무 말도 못하고 지나치는 경우가 많다. 우리의 무관심으로 인해 앞으로도 껌딱지 문제는 계속될 것이다. 만약에 그런 모습을 보는 즉시 범칙금을 물린다고 하면 그 반응이 어떨까 싶다.

지금까지 껌을 제조하는 회사에서는 매출원가에 아마도 껌딱지 수거비용을 포함하지는 않았을 것이다. 이제는 껌 제조과정에서부터 껌 쓰레기 문제까지 염두하고 만들어야 하지 않을까? 예를 들면 사나흘이 지나면 길바닥에 붙은 껌이 인체에 무해하게 자연 분해될 수 있는 성분을 넣는다든가 하는 방법 등….

껌을 만드는 사람이나, 씹는 사람이나, 뱉는 사람이나, 이를 바라만 보고 그냥 뒤처리 비용을 지불하는 국가나 모두 함께 고민하고 시정해야 할 문제이다.

08 공중화장실 사용에 대한 쓴소리

70~80년대만 해도 화장실化粧室은 '변소', '측간', '뒷간' 혹은 '똥둑간' 이라는 말이 자연스러웠다. 역시 '똥간' 이라는 말도 지저분하고 불편하게 배설을 해야 하는 안 좋은 이미지로만 그려졌었다. 그러나 요즘 공중화장실은 어디를 가나 시설이 잘되어 있어서 아주 깨끗하고 쾌적하다. 심지어 아름다운 음악과 향기까지 솔솔 흘러나와서 가정집 화장실보다 더 분위기 좋은 곳도 많다. 이를 사찰에서는 '해우소解憂所' 라고 하여 근심을 푸는 장소라 하는데, 생리적인 근심을 해결하는 곳인 화장실이야말로 우리에게 많은 화두를 던져주는 곳이다.

아직도 전 세계 인구의 약 40%가 제대로 된 화장실을 갖추지 못하고 있다 한다. 반면에 우리나라는 전국 어디를 가나 선진국 수준의 공중화장실 시설이 마련되어 있다. 하지만 화장실을 사용하는 국민 수준까지도 선진국 수준이라고 할 수 있는가?

얼마 전 벼룩시장을 운영하는 공중화장실에서 어처구니없는 모습을 보고 깜짝 놀라 한동안 입이 다물어지지 않았다. 아직도 이런 젊은이들이 있다니…. 누굴 탓하기 전에 그 이유에 대하여 많은 고민을 한 끝에 먼저 쓴소리부터 꺼내 본다.

서너 칸 되는 여자 화장실 앞에서 줄을 서서 기다리는데 아가씨가 문을 열고 나왔다. 그런데 뚜껑 열린 변기통을 보는 순간 방금 배설하고 나온 찌꺼기가 둥둥 떠 있었다. 변기 레버를 좀 오래 눌러야 하는데 한번 살짝 터치를 하면 그런 경우가 종종 있기에 불쾌감을 참고서 본인이 해결하도록 말을 건넸다.

"아가씨, 변기 레버를 다시 좀 길게 눌러 주세요."

깜짝 놀란 아가씨가 뒤돌아보더니 얼른 돌아서서 오른발을 번쩍 들어 변기 레버를 아주 자연스럽게 밟는 게 아닌가! 아니, 변기를 사용하고 나올 때 주변을 한번 확인도 않고 바로 나온다는 것도 이해가 안 되는데 아주 오랜 습관처럼 자연스럽게 발이 변기 레버로 번쩍 올라가는 것을 목격하고 할 말을 잃었다. '아직도 저런 미개한 사람들이 있단 말인가? 속으로 욕설이 절로 나왔다.

아무리 시설이 좋고 깨끗하게 관리를 한들 무엇 하나? 이런 사람들 때문에 공공시설물이 깨끗하게 운영될 수 없다는 것을 알았다. 더군다나 요즘은 휴지통 없는 화장실을 운영하자는 취지로 변기 옆에 휴지통도 없고 여성용 생리대 수거함만 달려있는 곳이 많다. 그러다 보니 사용한 휴지를 바닥에 마구 버려서 혐오감이 일기도 한다. 또한 물휴지나 생리대를 변기에 버려서 변기가 막히는 경우도 있기 때문에 별도로 준비된 수거함에 넣어달라고 메모까지 되어 있다.

일례로 24시간 많은 사람들이 이용하고 있는 고속도로 휴게소 화장실을 보자. 집에서 가져온 쓰레기까지 휴지통에 마구 버리는 경우도 많다고 한다. 그것도 분리수거함에 제대로 버리면 큰 문제가 아닐 텐데, 화장실 휴지통에 버리기 때문에 휴지통을 없애는 방법을 선택한 것이다. 그러니 외국인들이 한국 여행을 다니면서 가장 혼란스러워하는 부분이 바로 이 부분이다. 어느 화장실을 가면 변기 속에 사용한 화장지를 절대로 넣지 말라 하고, 또 다른 화장실에 가면 사용한 화장지는 반드시 변기에 버려 달라는 문구와 그림이 있다. 물론 아직은 과도기라서 전체 공중화장실에서 똑같은 방법으로 운영할 수 없기 때문이라고 본다. 하지만 이 또한 어쩌면 법적인 제재로라도 국민들이 인식 개선을 할 수 있도록 해야 하고, 앞으로 업소 운영자나 공공화장실을 사용하는 국민들이 다 같이 각성하지 않으면 안 될 부분이다.

정부에서는 국민이 안심하고 사용할 수 있도록 공중화장실 이용환경을 개선하고 선도 사업을 추진하겠다고 하였다. 여성 안심 보안관까지 배치하여 몰카 단속도 하고 있지만 역시 우리가 풀어야 할 숙제는 아직도 많다. 아무리 좋은 시설과 환경을 만들어 놓아도 사용하는 사람이 내 것처럼 소중하게 여기며 사용하지 않으면 '돼지 목에 진주' 격에 불과하지 않을까.

09 화재, 겨울철 고질병

- 불행은 예고 없다

요즘 연이어 터지는 화재 사고로 인하여 안타까운 사상자와 재산 피해가 아주 크다. 새해 첫날부터 강원도 양양에서는 14년 전 낙산사 화재의 악몽이 되살아나기도 하였다. 건조한 날씨로 인해 진화가 어려운 산불을 어렵게 끄기는 했지만, 결국 축구장 넓이 약 28배 규모의 산림이 불탔고, 그 피해액만 약 7억 원이 넘는다고 한다.

한번 산불로 훼손된 산림을 원상복구하기까지는 약 30여 년의 시간이 걸린다. 그러나 아직까지 산불의 원인이 인재人災일 거라는 추측일 뿐 누구에 의해서 어떻게 발생된 것인지는 밝혀지지 않은 상태다.

또한, 내가 사는 지역에서도 난로 근처에 타월을 널고 잠들었다가 과열로 화재가 발생해서 16분 만에 소방관이 불을 진화는 했지만 3명이 사망하여 주위 사람들을 안타깝게 하였다. 결국 화재란 사소한 안전 불감증으로 인한 인재이다. 인명피해는 물론 소방관을 비롯한 많은 사람들이 불을 끄기 위해 고생을 하고도 남는 건 잿더미일 뿐, 상처받은 그들의 마음을 되찾을 곳은 어디에도 없다.

정부에서는 "소 잃고 외양간 고친다."는 속담처럼 언제나 큰 사고 뒤에 수습을 하고 대책을 세우고 법안을 만들어서 시정하고 있지만, 화재로 인한 사고는 다른 재난과 달리 늘 반복되고 있는, 딱히 치유

할 수 없는 고질병이라 할 수 있다. 자연재해도 아닌 인재는 조금만 관심을 갖고 주의사항을 잘 지킨다면 발생하지 않을 수 있다.

화재 발생의 양상도 예전과는 좀 다르다.

불과 20~30년 전만 해도 연탄불로 난방을 하는 곳이 많아서 연탄가스 중독사고로 소수의 사망사고가 발생했지만, 요즘은 전열기구의 과열로 인한 화재로 이어지다 보니 옆 건물로 번지면서 대형사고로 이어지기도 한다. 또한 겨울철만 되면 전기장판이나 전기담요 혹은 전열기구에 의존해 쪽방에서 겨울을 견디는 사람들이 많다. 상가에서 장사하는 사람들 역시 열악한 환경에서 추위를 견디기 위해 전기기구가 과열되는 것도 감수하고 무리하게 의존할 수밖에 없는 현실이다. 더군다나 요즘 건물에 사용하는 단열재로 인하여 일단 불이 나면 호흡기를 먼저 마비시켜 탈출을 시도하기도 전에 쓰러져서 속수무책으로 변을 당할 수밖에 없다.

2018년 발생한 경남 밀양의 화재를 계기로 정부에서는 '국가안전대진단'을 추진하여 '전수조사'를 하고는 있지만 한정된 자원으로 점점 늘어나는 사고를 수습하기는 어렵다. 즉 기술자의 자격요건을 규정한 법이 매우 허술하다. 한국시설안전공단에서 35~70시간의 교육을 이수한 사람에게 자격을 주다 보니 전문가도 아닌 사람들이 과연 안전점검을 제대로 할 수 있는지도 의문이다.

그렇다면 과연 화재예방을 위한 방법상 가장 큰 문제점은 무엇일까?

어릴 적부터 귀가 따갑도록 들어온 말이 "너도나도 불조심, 꺼진

불도 다시보자"이다. 그 당시 농촌에서는 주로 땔감으로 나뭇잎이나 볏짚 등을 사용하였기에 이러한 표어들이 여기저기 나붙어서 머릿속에 세뇌가 되었었다. 하지만 요즘은 그런 표어들은 찾아볼 수 없다. 또한, 지하철 화재 발생 시 안전수칙과 대응 요령을 전광판에서 쉽게 볼 수 있지만, 자세하게 읽으려 하지 않는다. 그저 아무렇지도 않게 스쳐버린다. 한 번만 자세히 읽고 숙지하여 머릿속에 새겨두면 갑작스런 사고 발생 시 빠르게 대처할 수 있는 요령을 터득하게 되지 않을까?

불행은 언제나, 누구에게나, 예고가 없다.

나 하나의 실수로 인하여 여러 사람의 귀중한 인명을 앗아가고, 많은 재산피해를 발생시켜선 안 된다. 너도나도 조금만 관심을 갖고 화재 예방을 위한 수칙을 잘 지킨다면 어처구니없는 불행을 막을 수 있지 않은가.

10 가족 동반 자살

자살률 세계 1위라는 오명을 벗지 못하는 대한민국에서 요즘 들어 '가족 동반 자살' 소식이 하루가 멀다고 터져 나온다. 그 원인이야 다양하지만 가장 큰 원인이 경제적인 이유이다. 가정 불화와 가정 해체, 혹은 조울증이나 조현병 환자의 비극적인 자살 및 동반한 가족의 어린 생명들은 영문도 모르고 죽었다.

'동반 자살'이라는 용어조차 부끄럽고 그리 표현해서도 안 된다. 그것은 엄연한 살해 행위로서 '살해 자살Murder Suicide이라고 해야 한다. 존속, 비존속 살인 사건이 한 해 100여 건 정도 발생한다고 하니 참으로 안타깝다. 자녀 양육을 책임져야 하는 것이 부모라지만, 그렇다고 해서 자녀의 생명까지 맘대로 좌우해도 된다는 의미는 절대 아니다.

가족은 소유가 아니라 관계이다.

아이들은 놔두고 가더라도 얼마든지 살 수 있는 길이 많다. 비록 처음에는 고생스럽게 성장하게 될지라도 자녀들은 그들의 귀한 생명이고 살아갈 권리이다. 비록 몸을 빌려 태어났다 해서 어찌 부모의 소유라 생각하여 함부로 그들의 생명까지 맘대로 할 수 있단 말인가? 존속 살해나 자녀 살해 등은 예로부터 내려오는 뿌리 깊은 가부장적인 그릇된 사고에서 비롯된다.

2019년 5월, 시흥에서 네 살, 두 살 된 두 자녀와 함께 30대 부부가 차 안에서 숨진 채 발견되었다. 어린이날을 맞아 이런 비극적인 뉴스가 터져 나왔을 때 오죽하면 아이들을 하나씩 끌어안고 죽어야 했을까 하는 동정론이 앞섰다. 7천만 원의 빚으로 인한 생활고로 살길이 막막하다 보니 최후 선택을 가족과 함께 죽음으로 결정한 것이 안타깝다가도 분통이 먼저 터진다. 어째서 어린아이의 생명을 부모 맘대로 마감시켜야 했는가? 어떤 이유에서건 스스로 회생 불가능한 삶이라 판단되어 죽음을 선택한다면 이 또한 그들에게 책임을 묻기 전에 이 사회의 책임이 더 크다고 본다.

요즘 여기저기서 살기 힘들다고 아우성이다. 가계 빚은 점점 늘어가고 자영업자들은 가게 문을 닫는 곳이 속출하고 소득 격차가 늘어나면서 '부익부富益富 빈익빈貧益貧' 현상이 커지고 있다. 따라서 소득 최상위와 최하위 계층의 큰 격차로 인하여 사는 모습도 천차만별이다. 결국 돈 있는 사람들은 여유롭게 여가를 즐기면서 사치스러운 생활을 해도 흉이 되지 않으나, 하루 벌어 하루 먹고살기도 힘든 사람들이 못 살겠다 아무리 소리쳐도 들어줄 만한 곳이 없다. 그렇다 보니 최후의 선택으로 죽음을 택한 사람들의 동정심이 오히려 흉으로 남는다.

이 세상에서 가족만큼 소중하고 귀한 사람은 없다. 더군다나 5월은 가정의 달이다. '가화만사성家和萬事成'이라고, 가정이 화목하면 만가지 일 모두 다 이뤄진다는데, 가정의 평화가 곧 사회의 평화요, 사회의 평화가 곧 나라의 평화로 이어지는 길이다.

비록 재기할 수 없는 가정파탄의 결과를 초래한다고 할지라도 그들의 절망적인 삶을 희망으로 풀어갈 수 있도록 국가에서 먼저 다양한 사회안전망을 만들어 놓아야 한다. 또한 죽음을 택할 만큼 용기를 가졌다면 그 용기로 살고자 하는 희망의 문을 먼저 두드려야 한다. 국가에서도 마찬가지로 그들이 살고자 하는 문을 두드리면 언제든지 열어 줄 수 있도록 대책 마련이 시급하다.

11 청소년 자해, 인증샷

　최근 사회관계망서비스(SNS)에 자해 사진을 올리거나 공유하는 청
소년이 늘고 있다. 이런 현상이 급증하는 데는 사회 시스템에 원인이
있다. 한창 밝고 건전하게 성장해야 할 청소년들이 스스로 자기 팔목
을 송곳으로 찌르고, 주사기로 피를 빼서 뿌리는 사혈 자해를 마치
'자해 인증 놀이'라며 인증샷까지 찍어 올리고 댓글과 조회수를 보
면서 희열을 느낀다. 마치 영웅이나 된 것처럼 서로 모방하는 '자해
인증샷'이 여과 없이 유행처럼 퍼져가고 있는 현실이다.

　청소년기는 호기심과 모방심이 강하다 보니 자칫 일탈할 수도 있
는 매우 취약한 시기이다. 따라서 이러한 병폐적인 현상은 자기정체
성을 잃은 사람들이 쉽게 받아들이면서 자칫 빠져들기도 한다. 또한
또래에게 인정받고 싶어 부모와 점점 멀어지면서 친구를 더 찾게 되
고, 외롭고 불안한 마음을 또래집단에서 찾으려고도 한다. 자기정체
성은 대개 어린 시절 적절한 돌봄과 애정을 받지 못한 사람들이 쉽게
잃는다.

　얼마 전 모 프로그램 〈고등래퍼2〉의 '바코드'에 나오는 가사를 보
면 "…난 사랑받을 가치 있는 놈일까, 방송 싫다면서 바코드 달고 현

재 여기 흰색 배경에 검은 줄이 내 팔을 내려 보게 해."라고 부르며 자해 동영상을 SNS에 올렸다. 이로 인해 청소년들 사이에 자해 광풍이 불어 학부모, 교사, 정신과 의료진들이 깊은 우려를 하고 청와대 청원게시판에도 이를 막아달라는 청원 글까지 올라와 있다.

이렇게 자기정체성을 잃기 쉽고 남들이 하니까 나도 해야지 하는 또래집단의 호기심과 모방이 유행처럼 번져가는 자해 소동을 어른인 우리가 그저 가만히 바라만 보고 있어야 할까? 학교와 관계부처마저 손 놓고 가만히 바라만 보다가 방송에서 언급하기 시작하면서 그 심각성을 우려하는 목소리가 커지고 있다.

청소년 자해의 원인은 대부분 과도한 학업으로 인한 스트레스나 부모의 이혼으로 인한 가정의 불화 혹은 친구들 간의 집단 따돌림 등으로 내면의 불안함을 감추지 못하기 때문이다. 물론 '자해自害'와 '자살自殺'은 다르다. 자해自害는 나 스스로 상처를 가하는 행위로서 '비자살성 자해Nonsuicidal Self-injury'라고 한다. 또한 자해의 방법도 다양하다. 머리카락 뽑기, 손톱으로 긁어 상처 내기, 벽에 머리 박기, 머리 돌리기, 이빨로 물어뜯기 등, 격렬한 감정을 회피하는 수단으로 자해를 하기 때문에 전염성도 크다.

청소년의 심리상태를 보면 내면에 쌓인 감정의 스트레스를 건강하게 다루지 못하기 때문에 유일하게 자신의 감정을 자신이 이 세상과 떨어진 존재라고 느끼는 순간 자해하게 되는 것이다. 자신의 몸에서 피가 나고 통증이 느껴질 때마다 비로소 자신이 존재한다고 느끼면서 잠깐 동안 기분이 좋아질 수는 있다. 하지만 자해도 중독될 수 있기 때문에 성인이 되어서도 자기감정을 통제하지 못해 자살로 이어질 확률이 높다. 그렇다고 치료가 불가능한 것은 아니다. 본인의 의지와 노력으로 얼마든지 치료할 수 있다. 따라서 부모의 역할이 매우 중요하다. 어쩌면 자해하는 청소년들은 부모나 주위 사람이 힘든 처지를 알리기 위한 행위일 수도 있다. 또한 자기 분노를 자해를 통해서 드러내거나 자신에 대한 심한 죄책감으로 부정적인 견해를 갖고 반복적으로 자해하기도 한다.

따라서 자해 청소년을 바라보는 부모로서 훈계조로 나무라든가 해야지, 비난하면서 당장 그만두라고 강요하지 말라. 그리고 문제아라는 선입견을 버려야 한다. "너희는 문제아야"라기보다 "우리가 도와줄게"라는 관점으로 바라보고 아이가 현재 처해있는 입장을 차분히 들어주는 시간을 가져야 한다. 그리고 의학 전문가나 학교 담임교사와 함께 상담해 차분히 풀어가야만 한다.

또한, 사회적으로 심한 병리 현상은 의료용 일회용 주사기를 약국이나 문방구나 인터넷에서 청소년들에게 무분별하게 판매하고 있다는 점이다. 의료기기법 제52조에 따라서 3년 이하의 징역 또는 3천만 원 이하의 벌금에 처하는 것을 아는지 모르는지…. 당장 눈앞의 이익을 위해 청소년들에게 씻지 못할 상처를 주는 판매행위는 안 된다. 만약 내 아이가 그런 행위를 하고 있다 생각한다면 과연 분별없이 판매할 수 있겠는가?

청소년은 우리의 미래이고 희망이며 기둥이다. 청소년들에게 자기정체성을 심어줄 수 있는 것도 우리의 몫이고 그들이 밝은 사회의 구성원으로 성장해 가도록 안내해 주는 것도 우리 어른들의 몫이다.

12 쓰레기 산

중국에서 우리나라 쓰레기 반입을 거절한 이후 1년 동안 전국에 쓰레기 산이 급증하고 있다. 하물며 필리핀에 불법으로 수출했던 쓰레기마저 국내로 되돌아왔다. 아파트 10층 높이의 쓰레기를 매일 치워 봐도 치우는 것보다 더 높이 쌓여가는 쓰레기 산이 235개가 넘는다 하니 앞으로 줄어들기는커녕 점점 더 늘어날 것으로 예상되어 매우 심각한 상황이다. 이 문제에 대한 정부의 대책과 국민들의 의식은 어떠한가?

쓰레기 산 주변에는 악취가 나고 침출수로 인한 토양오염 및 수질오염이 심각하다. 심지어 악덕 업자는 공장을 임대하여 그 안에다 쓰레기를 가득 채워놓고 도망가서 임대 업자에게 큰 피해를 주기도 하였다.

국민들 대부분 분리수거를 잘하고 있는데도 왜 쓰레기양은 줄어들지 않을까?

우리나라 국민 1인당 플라스틱 소비량은 연간 약 132.7kg으로 전 세계 3위를 차지한다. 이미 쓰레기를 줄이기 위해 국민들은 오래전부터 분리수거를 하고 있지만, 의외로 우리가 재활용품이라고 분리수거해서 배출한 것들 중 절반 정도가 재활용품으로 사용할 뿐, 나머지는 땅에 묻거나 폐기처분되어 버려진다. 그것은 분리수거에 대한 국민들의 인식이 아직도 많이 부족하기 때문이다.

쓰레기에는 생활 쓰레기와 산업 쓰레기 등 많은 종류가 있으나 그중에서도 플라스틱 쓰레기가 가장 많은 편이다. 하지만 폐플라스틱 대부분이 재활용되지 않고 폐기된다는 것은 안타까운 일이다.

플라스틱 제품을 보면 재질이 모두 다르기 때문에 구분하여 분리하는 방법이 그리 쉽지 않은 편이다. 분류 방법을 잘 모르면 환경부 어플을 이용하여 찾아보거나, 포장에 있는 마크를 보고 참조하여 분리해야 한다. 하지만 아파트 단지에 있는 수거함에는 플라스틱제품은 하나의 통에 그대로 모아서 수거업체에서 수거를 해가고 있기 때문에 세심히 신경 써서 버리지 않는 것이 일반적이다.

제품의 겉면에 붙어있는 포장지와 뚜껑을 분리해서 내용물을 비운 뒤 깨끗하게 씻어서 배출을 해야만 재활용이 가능하다고 하는데 대부분 이렇게까지 분류를 하여서 분리수거함에 넣는 사람이 별로 없다. 따라서 분리수거에 대한 소비자의 인식 개선과 분리수거를 잘 하고자 하는 태도 개선이 시급하다.

함부로 버려진 플라스틱은 바다나 강으로 흘러가서 햇빛과 파도에 잘게 부서져 미세플라스틱Microplastics이 되어 그것을 먹은 물고기나 바다 생물체가 우리의 식탁으로 올라오니 결국은 보이지 않는 플라스틱을 우리가 식품으로 먹게 되는 것이다.

한 사람당 일주일에 약 2,000개의 미세플라스틱을 먹는데 그 양이 5g으로 신용카드 1장의 양이라고 한다면 어떤 생각이 들까? 한 달이면 옷걸이 1개 불량의 미세먼지를 먹고 있다는 것이다. 이런 추세로 20~30년 후에는 하루에 21g을 먹게 된다니, 지금이야말로 플라스틱 대재앙이 시작된 것이다.

최근에 조약돌처럼 생긴 '파이르 플라스틱'까지 발견되고 있다. 마치 조약돌처럼 위장을 하여서 물에 동동 뜨기 때문에 지질학자들조차 구분이 어려울 정도로 조약돌과 비슷하다 한다. 또한 납이 다량 검출되기도 하여 동물이 이 파이르 플라스틱을 섭취할 경우 중금속까지 먹이사슬이 되어 우리 인간을 위협할 수 있다고 경고했다.

만드는데 5초, 사용하는데 5분, 분해하는 데 500년이 걸린다는 플라스틱 쓰레기 문제를 앞으로 어떻게 풀어나가야 할까?

결국은 안 쓰고, 덜 쓰게 해야 한다. 하지만 이미 편리함에 익숙해 있는 전 세계 사람들이 플라스틱을 사용하지 않고는 견디지 못할 것이다. 따라서 되도록 덜 쓰는 습관을 들이면서 불필요한 소비를 줄이려는 실천이 필요하다.

소비자들은 정부에, 생산업자에, 유통업체에 무언가 요구를 할 필요성이 있는 시점이다. 또한 생산업자와 유통업자도 되도록이면 국민들이 사용 후 분리배출을 쉽게 할 수 있는 방법을 고민하고 연구해서 과대포장을 줄일 수 있도록 다 함께 노력해야 한다.

제4장

미래와 희망

두물머리

한상림

팽팽한 물살 끌어안고
울퉁불퉁 흘러가다 잔잔해지는
남쪽 강줄기는 언제나 따사로웠다
그러나 북쪽 강은 말이 없다
제 스스로 가둬 둔 말들을 슬며시
어딘가로 흘려보내고 있을 뿐
푸른 빛에 구름 실어 나르는 남쪽 강이
도란도란 이야기할 때면
얼어붙은 입안이 근질거렸나
그런 날엔 거센 바람 일으켜
남으로 남으로 제 몸을 기울여왔다
속살 후벼 파는 거친 물살 어루만지며
철썩이다 걷어내고 철썩이다 걷어내도
좀처럼 벗겨지지 않는 비밀스런 것들
남쪽 강은 연신 한몸 되기 위해 부벼대면서
물의 껍질을 벗겨내고 있다

01 양성평등兩性平等

– 성차별에 대한 프레임을 깨자

매년 7월 1일부터 7월 7일까지는 '양성평등주간' 행사가 곳곳에서 열린다. 올해도 우리 구에서는 여성단체협의회 주관으로 양성평등주간 행사를 개최하여 여러 가지로 다양한 홍보부스를 통하여 양성평등에 대한 내용을 구민들에게 알렸다.

한때는 '여성상위시대女性上位時代'로 여성들이 우선 보호받던 때도 있었다. 그 후 '여성평등시대女性平等時代', 지금은 '양성평등시대兩性平等時代'를 외치고 있다. 양성평등은 '남성과 여성의 두 성이 권리나 의무, 신분 따위에서 차별 없이 한결같음'을 말한다. 요즘은 여성의 사회진출과 함께 동등한 예우를 받고 있지만, 우리 머릿속에는 어릴적부터 은연중에 여성에 대한 비하 발언에 익숙해서인지, '여자이기 때문에 할 수가 없어', '이건 힘센 남자들만이 해야 하는 일이야' 하는 생각에 갇혀 있기도 한다.

'양성평등주간행사'는 2007년도에 '여성평등주간행사'로 시작해서 2015년부터 그 명칭을 '양성평등주간행사'로 바꾸었다. 매년 열리는 행사라고 하지만 여러 가지 모순점들이 눈에 띄었다. '성차별·성폭력 없는 사회', '유리천정의 벽을 뚫고 여성들도 직장에서 남성

못지않게 동등한 대우를 받을 수 있는 사회'를 만들어가자는 취지는 좋으나, 주관단체가 여성들이다 보니 현장에 동원된 인원들 약 90% 모두가 여성들이었다. 물론 남성들은 대부분 직장생활을 하다 보니 이런 행사에 참석하기 어려웠을 것이다.

양성평등 행사라면 여성·남성의 비율이 거의 반반은 이뤄져야 효과가 있을 거라는 생각이 든다. 양성평등주간을 통해 국민들에게 양성평등 실현을 위한 행사를 열어서 여성과 남성 모두가 인식을 개선하고 서로가 평등하고자 노력하려는 것이다. 하지만 이런 행사조차 왜 필요한 것인지…. 앞으로 몇 년 후면 이런 행사의 필요성조차 없어질 만큼 여성과 남성의 평등이 조화롭게 이뤄지지 않을까 하는 기대를 해 본다.

한때는 "남자는 하늘이고, 여자는 땅이다."라는 그릇된 인식으로 가정에서부터 남성 우위를 강조하는 교육을 받아왔었다. 또한 남아선호사상이 지배하는 사회적 구조 때문에 임신을 하게 되면 대代를 이어야 하는 집안에서는 아들이 아니면 낙태를 권하기도 했다. 또한 인구증가로 인해 "아들딸 구별 말고 둘만 낳아 잘 기르자."는 인구정책도 펼쳤었다. 지금은 아들딸 구별이야 안 하지만 저출산 문제로 인해 심각한 국가적 위기를 맞게 되었다.

이는 여성들의 사회진출 문이 넓어지고 양육과 교육을 위한 경제적인 부담이 커지면서 자녀출산을 회피하려는 이유도 있겠지만, 가부장적인 편견을 가진 남성들이 양육과 집안 살림의 역할을 분리하면서 대부분 여성들의 몫이라는 그릇된 인식에서 갈등이 발생하기 때문이다. 또한 직장 혹은 일터에서 남성들이 우위적인 대우와 처우를 받고 있는 편으로 여성들의 사회진출에 있어 아직도 유리천정의 벽이 높기만 하다.

최근 5년 사이 유럽 각국에서는 최초의 여성 시장이 등장하고 있다. 스페인 바로셀로나, 마드리드, 프랑스 파리와 이탈리아 로마, 체코의 프라하까지 여성 시장이 당선되고 임기를 마치기도 했다. 이는 오래전부터 유럽권에서는 이미 유리천정에 금이 가고 있다는 의미다. 우리나라에서도 강경화 외교부장관과 진선미 여성가족부장관, 박영선 중기부장관, 그 밖에 국회의원과 시·군·구에서 여성 의원들, 각종 기업의 여성 CEO들이 점점 늘어나 여성들의 자긍심이 점점 높아가고 있다. 하지만 아직도 곳곳에서 많은 여성들이 남성들에 비해 많은 차별을 받고 있는 편이다.

요즘 공무원 시험 합격자 수와 교사 임용고시 합격자 수에서도 여성들이 늘어나고 있어 점점 성차별은 없어지고 있다. 반면에 이런 현상으로 인해 당직근무에 있어 남성의 수가 적다 보니 야간당직근무를 하는 남성들의 입장에서는 불공평한 점도 있다 한다. 따라서 남녀 모두에게 부합한 근무 여건으로 개선해서 서로가 공평하게 일할 수 있어야 한다.

남녀 성차별이 없는 사회를 위해서는 우선 가정에서부터 부모들이 아이들 양육을 하면서 평등한 부모의 모습을 보여주어야 할 것이고, 학교 교육과 사회 교육 등을 통해서도 동등한 처우와 대우를 받을 수 있어야 한다. 또한 대한민국의 헌법과 민법 등 모든 법에 있어서도 남녀가 동등한 법 적용을 받을 수 있도록 꼼꼼히 따져보고 개선해 나갈 필요성이 있다.

2017년도에 터진 각계각층의 #Me too 운동, #With you 운동의 확산으로 한때 예술인과 정치인들이 물망에 올랐었다. 이때 피해자들 역시 대부분 여성이었다. 바로 사회의 구조적인 문제에 있어서 여성들이 남성들보다 절대 위에 올라서는 안 된다는 오래된 관습의 프레임에 갇혀 있기 때문이다. 여성들에게는 '엄마다움'을, 남성들에게는 '가장家長'이라는 프레임이 씌워져 있었다. 이제는 남녀 모두 육아와 가사 모두 동등한 책임을 지고 자신의 일터에서 능력을 발휘할 수 있는 사회적 구조의 틀이 마련되어야 한다. 고정관념에 박힌 프레임을 깨지 않으면 성차별은 앞으로도 계속될 것이다. 남녀가 평등한 위치에서 가정과 일의 양립을 위해 노력해야만 진정한 양성평등이 이뤄질 것이다.

한창 성장하고 있는 우리 아이들이 사회에 진출하는 약 20~30년 후를 예상해 보면 여성이 남성보다 우위에 서서 오히려 남성들이 거꾸로 나서서 양성평등을 외치지 않을까 싶다. 불과 30년 전만 해도 남아선호사상이 강해서 아들을 낳기 위해 음성적으로 딸이면 낙태를 하는 경우도 많았다. 그러나 지금은 딸이든 아들이든 구별 없이 한두 명만 낳으려는 사람들이 많다. 특히 저출산 문제라는 인구절벽 시대에 접해 있는 요즘 이런 행사 자체가 아이러니하다.

얼마 전 지인의 말을 듣고서 우리나라 미래의 성차별 문제에 대한 예상을 하게 되었다. 그는 33년간 공직에서 정년퇴직하고 아내가 꾸려오던 작은 사업을 도와가면서 취미생활을 하다 보니 집에 있는 시간이 많아졌다. 따라서 청소와 설거지도 하면서 집안일을 도와주고 있는데, 오히려 아내는 취미생활을 한다고 나다니면서 집안일은 손가락 하나 까딱 않고 남편에게 다 시켰다. 어느 날 딸아이가 설거지를 하려고 하자 딸아이 팔을 잡아당겨 방으로 데려가면서 남편에게 시키더라는 것이다. 이것은 사소한 한 예를 든 것이지만 알게 모르게 남성과 여성의 위치가 점점 바뀌어가고 있는 것이다. 능력과 힘이 아니라 진정한 사랑과 배려하는 마음으로 서로를 생각한다면 이렇게 남편 혹은 아내를 무시하는 행위가 가능할까.

은퇴 후의 남자들을 '영식이' 혹은 '두식이', 심지어는 '삼식이 새끼(세끼)'라고 남성을 비하하는 말이 있다. 왜 이렇게 여성과 남성의 편 가르기 식 프레임에서 벗어나지 못하는 것일까?

저 우주의 태양과 달도 음양의 조화를 잘 이루어 밤낮을 구별해서 제자리를 지키고 있다. 남성과 여성 또한 음양의 조화를 이루어 지구상에서 우주와 함께 아름답게 돌고 도는 하나의 작은 위성이다.

가정에서나 사회에서나 남녀가 지혜롭게 조화를 잘 이루어 간다면 굳이 지금처럼 양성평등을 외칠 일조차 없을 것이다.

02 다문화에 대한 재인식

　다문화 가정 자녀가 약 12만 명(2018년 현재)으로 6년 만에 3배가 늘었다는 통계가 발표되었다. 우리나라가 처해 있는 저출산 문제를 극복하기 위한 가장 큰 고민거리 앞에서 다문화 가족 수가 점점 늘어나고 있다는 것은 그나마 다행스런 일이다. 하지만 여성가족부 조사 결과에 따르면 만 9~24세 다문화 가정 자녀 6만 1812명 중 5%가 왕따나 폭력에 시달린 경험이 있다고 하였다.

　인천 연수구 한 아파트 옥상에서 다문화 가정 자녀 중학생이 동급생에게 집단폭행을 당하면서 추락사해 우리를 안타깝게 했다. 또한 다문화 가정 자녀 여중생이 직접 쓴 편지글을 보면서 그동안 얼마나 많은 폭력에 시달렸는가를 알 수 있었다. 누군가에게 도움을 청하거나 시달리면서도 말할 수 없었던 한 여학생이 쓴 일기를 보면, 옷을 빼앗아 감추거나 피부에 매직으로 낙서를 하는 등 피해를 당하면서 학교 가기가 두려웠다고 한다. 이런 피해를 당한 학생들이 한둘이 아니라 생각한다.

　인종과 국가, 피부와 얼굴 생김새가 조금 다르다 하여 왕따를 당하고, 한국에서 태어나 한국문화를 잘 알면서도 비교를 당하면 그들이 온전하게 대한민국 국민으로 살아갈 수 있겠는가.

그것은 아마도 우리 민족이 예로부터 단일민족을 자랑스럽게 주장해 온 우리만의 정서일 수도 있다. 아직은 다문화 가족이 우리와 같은 국민으로 동등하게 대우를 받고 인정받으면서 살아가기에는 국민의 의식이 낮은 편이다. 비교적 농어촌에 다문화 가족들이 더 많이 살고 있는 실정이다. 그것은 여성들이 농촌 총각들과 결혼을 꺼리다 보니 다문화 여성들이 그 빈자리를 채워주고 있기 때문이다.

다문화 여성들의 고부간 갈등을 다룬 '고부열전'과 '아빠 찾아 삼만리' TV 프로그램을 보면 특히 동남아 여성들이 한국에 와서 한국문화에 적응해가는 과정과 문화 차이로 인해 빚어지는 갈등 등 다양한 삶의 모습을 엿볼 수 있다. 대부분 열악한 환경에서 갈등을 겪고 있는 다문화 여성들이 많은 편이라 참으로 안타깝다. 그러한 환경에서 아이를 두세 명 이상 낳아서 기르며 한국문화에 적응해 가는 것도 어려운데 자녀들이 학교에 입학하게 되면서 겪어야 하는 갈등과 방황에서 비롯하는 상처를 감싸주는 것이 그리 쉬운 일은 아닐 것이다.

문화 차이로 인한 오해로 갈등이 깊어지면서 젊은 20~30대 나이에 40~50대 한국 남성에게 시집와서 심지어 그 남편에게 살해당한 필리핀 젊은 여성의 사망 소식을 듣고 경악을 금치 못했다. 상상만 해도 소름이 돋는다. 이런 여러 가지 문제점을 우리가 방관만 할 것이 아니라 앞으로 정부에서 다문화 가족을 위한 다양한 대책을 마련해 주었으면 하는 마음이다.

내가 소속해 있는 강동구에서는 그나마 다문화센터가 잘 운영되고 있다. 강동구 새마을부녀회 봉사 중 하나가 다문화 이주여성들에게 멘토 역할을 하면서 미약하나마 힘이 되어 주려고 노력하고 있는 것이다. 그래서 다문화센터와 수시로 교류하며 그들을 위한 다양한 소통을 하고도 있다. 하지만 이주여성들 대부분 직업을 갖고 있거나 아르바이트를 하면서 아이를 키우다 보니 우리가 진행하고 있는 프로그램에 동참하는 것이 그리 쉽지만은 않다.

내가 주장하고 싶은 것 중의 하나가 '다문화' 라는 용어에 대한 것이다. 그동안 우리가 사용하고 있는 '다문화' 에 대한 인식이 그다지 좋지 않아서 '다문화' 보다는 다른 용어로 바꾸었으면 한다.

그들에게 '다문화' 라고 불러주는 것 또한 그다지 편하지만은 않을 것이다. 따라서 다양한 문화인이라는 이미지보다는 대한민국 국민과 동등한 한국인이라는 뜻을 가진 새로운 어휘로 바꾸었으면 하는 바람이다. 그들이 우리와 하나 되어 살아갈 수 있도록 그들의 이야기를 들어주고 애로사항에 귀 기울이면서 '다 하나' 라는, 국민들의 인식도 바뀌었으면 한다.

앞으로, 아름답고 훈훈한 다문화 가족들의 이야기를 통해 서로가 새롭게 바라볼 수 있는 소식들이 많이 전해지길 소망한다.

03 나눔과 배려

다문화 가정과 탈북민이 늘어나면서 그들에게 도움의 손길을 내미는 사람들이 많다는 것은 다행스러운 일이다. 각기 다른 환경에서 살다가 이주해 온 사람들이 대한민국에서 적응해 살아가는 것 역시 쉬운 일은 아니다. 그래서 이들의 사회 적응을 돕는 사회단체와 봉사자들이 많다. 하지만 봉사자로서 순수한 마음으로 그들을 돕겠다는 것이 오히려 상처받고 실망감을 경험하기도 한다.

내가 잘 아는 미용사협회 회장이 경험한 한 예를 들어본다.

지난해 서울시장배 미용대회 입장식에 다문화 여성들이 각국의 전통의상을 입고서 입장식에 참여하였는데, 나름대로 열심히 각국 의상을 준비해서 입히는 과정에 몽골에서 온 한 여성이 갑자기 화를 버럭 냈다고 한다. 자기에게 귀족이 입는 옷이 아닌 평민 옷을 주었다고 소란을 피워 행사를 준비해온 관계자와 주변 사람들까지 당황스러운 분위기가 연출되었다고 한다.

몽골 의상 문화와 풍속에 대해 사전 지식 부족으로 미처 생각지 못한 상태였고, 행사 직전에 갑자기 교체할 시간적 여유가 없는데 출연하지 않겠다고 해서 심각한 상황에 이르렀다며 고개를 저었다. 그 몽골 여인에게 이러저러한 사정을 설명하고 양해를 구해 봐도 막무가

내였단다. 할 수 없이 다른 사람에게 몽골 의상을 입혀서 출연시키려고 하니까 그제야 자세를 낮추더라는 것이다.

무조건 우리가 다 해줘야 하고, 요구 조건을 들어줘야만 하고, 우리가 베풀어주는 것에 대한 당연한 예우를 받으려고만 하는 심리는 어디에서 비롯되는 것일까. 행사 때마다 선물이나 기념품을 한 아름씩 주어야만 참여하려는 좋지 않은 태도를 볼 때면 행사를 위한 배려인지 그들을 위한 행사인지 참으로 안타깝다.

물론 서로 문화가 다르다 보니 잘 이해하지 못하면 섭섭하기는 그들도 마찬가지일 것이다. 행사장에 참석을 확답받는데 행사가 한창 진행될 때까지 연락이 끊기고 급기야 불참하는 이주여성 때문에 나 역시 황당한 적이 한두 번이 아니다.

그들이 한국인으로서 살아가게 하려면 약속의 중요성과 나누고 베풀어주면서 서로 도와가야 한다는 한국 사회 인식을 먼저 심어줄 필요가 있다. 따라서 다문화 이주민들에게 오해가 될만한 행동이나 대가성 행사 참여 등에 대한 편견에서 빚어지는 갈등을 사전에 잘 이해시켜 주어야만 할 것이다.

물론 각 지역 다문화센터에서 관리가 잘 되고는 있으나, 이런 점에 특별히 신경 써서 그들이 대한민국인大韓民國人으로 잘 살아가도록 안내해 주어야 하지 않을까? 무조건적인 배려나 나눔, 퍼주는 것은 오히려 그들에게 이기심을 키워주고 배타적이고 타당하지 못한 행동을 초래하게 되면서 그들 또한 우리에게 상처를 받게 될 것이다. 그렇다고 우리가 그들을 원망하기보다는 그들의 입장을 잘 이해하고 서로 갈등의 불씨가 되지 않도록 설명해 주면서 잘 이끌어 주는 것이 중요하다.

결국은 우리 서로가 공동체 사회에서는 내가 먼저 남과 함께 나누려는 마음자세를 갖도록 새로운 사회적 인식을 심어주어야 한다.

봉사자와 사회단체들, 그리고 국가에서도 무조건적으로 그들의 뜻을 받들어 섬기거나 친절하게 보살펴 주려는 방향보다는 타인과 함께 대한민국의 구성원으로서 잘살아갈 수 있도록 다문화 가족이나 탈북민을 대하려는 다각적인 개선책 마련이 필요하다.

04 대접 받으려면 먼저 대접하라

- 갑질 문화 근절

한때 모 사령관 부인의 공관병에 대한 갑질 논란으로 여기저기 다양한 갑질의 유형이 수면 위로 떠오르면서 국민들의 분노심이 높아지고 있다. 사실 '갑질'은 요즘 들어서 새롭게 부각된 것이 아니라 오랜 관행이었다. 그동안 표면적으로 드러나지 않은 고질병으로 인식하고 있었을 뿐이다. 심지어 교수와 학생 관계의 갑질 논란이 교육현장의 신뢰감마저 깨트리고 있다면, 구석구석에 숨어있는 갖가지 갑질의 횡포들이야 오죽하겠는가.

예로부터 "공도公度를 깨닫지 못하고 실천 없는 사람에게 영도領導를 맡기거나, 덕이 짧은 사람에게 지위를 높이거나, 지혜가 어두운 사람에게 대사를 맡기거나, 역량이 작은 사람에게 중책을 맡기면 반드시 화를 부른다"고 하였다.

남에게 대접받길 원하면 먼저 다른 사람을 대접해야만 한다. 자기 분수를 모르고 남에게 함부로 대하면서 본인 스스로 대접받길 원하는가. 결코 큰 그릇도 아니면서 용 꼬리보다는 뱀 대가리 형태의 수장首將 노릇을 하려 드는 갑질의 횡포 때문에 주변 사람을 괴롭히거나 단체를 어지럽게 만드는 사람도 많다.

사람은 각기 타고난 본성이 다르지만 어떤 환경에서도 그 본성이 쉽게 바뀌지 않는다. 특히 남을 무시하면서까지 자기과시를 하려는 사람들의 횡포는 결국 주변 사람들이 떠나게 되어 혼자 남을 수밖에 없다.

거울 앞에서 자신을 바라보듯 겸손한 마음으로 자신의 행동에 대하여 조심스럽고 신중하게 낮춘다면 결코 남을 함부로 대하진 못 할 것이다. 기업도 마찬가지다.

"손님이 왕이다"라는 문구가 변질돼 도 넘은 '갑질'이 판치는 가운데 직원의 만족도와 친절도 상승, 기업의 생산성 증가에 도움이 된다는 점에서 '웨그먼스 효과'가 주목을 받고 있다.

웨그먼스는 미국 동부에 92개 지점을 둔 대형마트다. 업계 평균보다 25% 정도 많은 급여를 주는 등 직원 제일주의 경영으로 널리 알려져 2016년 미국 포춘지가 꼽은 '일하고 싶은 기업' 2위에 선정되었다.

'Employees First, Customers Second(직원 먼저, 고객은 그다음)'라는 문구를 내세운 웨그먼스의 CEO 대니 웨그먼은 "회사에 이익을 가져다주는 고객들에게 최고의 서비스를 제공하려면, 우리 직원들부터 최고 수준으로 대우해 주어야 한다"고 말했다. 기업 내부에 불만이 쌓이면 고객에게도 고스란히 전염되기 때문에 내부평판이 외부평판보다 클 때 해당 기업 매출액도 쑥쑥 오른다는 이론이다.

정치권에서도 갑질에 대한 비판 여론이 높아지는 가운데 "갑질 문화" 근절에 팔을 걷어붙인 모양새다. 각종 갑질을 방지하기 위한 법적인 근거 마련을 위해 필요한 법안을 발의하고 있다니, 과연 이번

정기 국회에서 성과를 거둘 수 있을지 주목된다.

최근 가맹본부 갑질 논란과 오너의 성추행 파문으로 프랜차이즈 업계 불공정 관행에 대한 대수술 요구가 높은 가운데, 프랜차이즈 본사가 광고·판촉 행사를 하는 경우 사전에 가맹점주의 동의를 구하도록 하는 법안도 추진되었다.

매번 "소 잃고 외양간 고치는" 격이지만 그나마 서서히 나아질 거라는 희망으로 우리 정부와 국민들에게 기대를 걸어본다.

05 낙태, 죄인가

- 처벌보다 제도 개선

 지난 10년간 우리나라에서 갓 태어나자마자 버려진 아기가 약 1천 명이라고 한다. 화장실, 동네 골목, 교회 앞 혹은 열차 화장실에서 탯줄도 자르지 못한 채 하루를 넘기지 못하고 세상을 떠나는 죄 없는 아가들에게 그저 미안한 나라가 되었다.

 산모에겐 선택의 여지가 있지만, 태아에겐 선택의 여지조차 없이 뱃속에서 함부로 죽임을 당하거나 태어나자마자 바로 버려진다는 것은 상상만 해도 끔찍한 살인행위다. 법무부에서는 아기를 버려 목숨을 잃게 하는 사건에 일반 살인죄를 적용하는 것을 검토하기도 했다지만 처벌강화보다는 제도 개선이 먼저라는 생각이 든다.

 한때 서울 도심에서는 헌법재판소의 결론을 앞두고 '낙태죄 폐지' 찬반 집회가 각각 있었다. 인권위에서는 낙태죄는 여성의 자기 결정권을 침해한다며 위헌 취지의 낙태죄 폐지촉구 집회를 통하여 '낙태죄 폐지'와 '안전한 임신중절수술' 보장을 요구하였다. 반면 낙태죄가 없으면 생명을 경시하는 '죄책감 없는' 사회가 될 것을 우려하는 종교단체의 목소리도 크다.

 경제적으로 혹은 여건상 키우기 어렵다고 하여 낙태가 죄가 아니라고 결론 내려진다면 이 또한 무서운 재앙이 아닐 수 없다. 어떤 상황에서든 생명은 존엄하며, 인간이 인간의 생명에 대하여 함부로 결론 내려서는 안 된다. 약 12주의 태아는 이미 사람의 모습을 갖추게 된다. 원치 않는 임신으로 부득이 낙태해야 될 경우, 즉 태아의 신체적 장애나 혹은 도덕적으로 절대로 허용할 수 없는 임신을 하였을 경우 등 불가피하게 낙태를 선택할 수밖에 없을 때 12주 이내에만 낙태를 허용할 수 있는 것도 고려해 볼 일이다.

앞으로 낙태죄 폐지가 허용된다면 지금보다 더 생명을 경시하는 풍조가 자행될 것이다. 더군다나 내년부터 우리나라에서는 1인당 출산율이 1명도 안 되는데 만약에 낙태를 허용하게 된다면 출산율은 더 떨어지게 될 수도 있다. 그저 자기 배 속에 있는 태아를 볼 수 없다 하여 함부로 죽이거나, 태어나자마자 내다 버린다면 이 또한 앞으로 더 큰 재앙의 시대를 초래하게 될 것이다.

그렇다고 해서 미혼모라든가 비혼 출산의 경우 어쩔 수 없이 낙태를 선택하거나 양육을 포기하게 될 경우 그들의 목소리도 무시할 수 없다. 원치 않는 임신으로 수많은 여성들이 고통을 당하고, 만약 출산을 한다 해도 경제적인 지원을 받지 못하면 결국 아이를 책임질 수 없어서 버리게 되기 때문이다.

낙태할 수 없다는 이유로 초기에 낙태를 못 한 여성들이 결국은 출산 후 바로 신생아를 아무 데나 버리는 사건이 잇따른다. 따라서 낙태를 줄이려면 건전한 성교육이 우선이며, 비혼 출산에 대한 사회적인 문제부터 개선할 수 있는 대책 마련이 필요하다.

또한 낙태죄를 여성에게만 한정하여 적용시키는 것은 모순이다. 함께 책임져야 할 남성에게도 일부를 강화시키는 방안도 마련해야 한다. 그러기 위해서는 우선 사회적인 합의가 필요하다.

　인간의 생명은 이 세상에 태어나는 것도, 죽는 것도 결코 맘대로 할 수가 없는 신神의 영역이다. 잠시 우리 몸을 빌려서 태어나는 생명을 절대로 내 맘대로 해서는 안 된다는 '존엄한 생명'에 대한 국민들의 인식이 시급하다.

　남북통일은 언제 이뤄질 것인가? "우리의 소원은 통일, 꿈에도 소
원은 통~일…" 언제 들어도 가슴 뭉클한 노래다. 북한의 핵실험으로
남북관계는 더욱더 악화되고 있다. 김정은 체제는 핵무기로 대응하
며, 미국. 중국, 일본 등 주변국들의 강경한 태도와 언성에도 고립을
자초하여 점점 동북아 평화를 압박하고 있다. 이러한 위기상황에서
주변국과의 문제, 북한의 핵 위협 등 여러 가지 난제를 어떻게 풀어
갈 것이며, 또한 한반도 평화를 어떻게 지켜 낼 것인가?

　세계 유일의 분단국가로서 통일의 희망을 갖기엔 너무도 암담한
현실이다. 우리가 꿈꾸는 평화통일은 주변국들의 이익 추구로 갈등
만 점점 심화되고 안보 환경의 불확실성과 불예측성이 커지고 있다.
물론 독일의 통일을 학습하면서 준비는 해오고 있지만, 통일 준비 만
큼은 앞으로도 꾸준히 지속되어야 한다.

　따라서 통일은 국내외 어떤 상황에서도 흔들리지 않고 지속적으로
깨어 있어 준비되지 않으면 안 된다. 그것은 남북통일의 주체가 결코
주변국이 아니라 당당한 대한민국이기 때문이다.

　지난봄, 내가 소속해 있는 서울시 새마을부녀회에서는 제10차 "찾
아가는 통일좌담회"를 통해 국가안보전략연구원인 '안제노' 박사

의 강연을 들었다. 그때부터 한반도 통일을 위한 여성으로서의 역할에 대하여 처음으로 고민해 보는 계기가 되었다. 안제노 박사는 '여성은 뛰어난 예지력과 감성을 가지고 있어서 소통능력도 뛰어나다'고 말씀하셨다. 즉 사람과 사람 간의 통합 과정에서 중요한 역할을 할 수 있기 때문에, 탈북민을 품어 안을 수 있는 심리적이고 경제적인 차원의 이슈를 연구하고 대비하는 작업에도 여성이 많은 기여를 할 수 있기 때문이다.

통일 이후를 생각한다면 북한 주민의 인권회복과 어려운 경제문제를 해결하여 안정된 삶을 영위하도록 우리가 먼저 깨어 있어야 하고, 그 주도적인 역할을 여성이 앞장서서 실천해야 한다.

통일이라는 공동체 문제를 인식하고 이를 둘러싼 갈등을 해소하기 위한 노력은 특정 지도자나 특정 집단에만 국한된 문제가 아니라 국민 개개인이 함께 풀어나가야 할 과제이다. 즉 통일 문제에 대한 '바로 알기'와 '이해하기'에 대한 과정과 노력을 통해 '공감하기'를 형성해야 한다.

지속적인 통일 준비를 통해 국론통합과 지역사회 통일 운동, 여성, 청년층 및 세대별 통일 활동, 국민통일 공감대 형성, 통일 교육 등을 통하여 크게 두 가지 차원으로 생각해 볼 수 있다. 즉 대외적인 국제정치와 국내적으로 우리 내부차원의 문제이다.

그렇다면 우리 여성들이 통일 준비를 위해 지역사회와 가정에서 해야 할 일은 무엇인가? 가정 안에서 우선 통일이 되어야 한다. 그래야만 나라도 통일이 될 수 있다. 아이들에게 통일 이유를 설명하거나 권유하려 말고 나 스스로가 통일 활동을 위한 행동을 보여주어야 한다. 즉 부모로 인해 성장 과정에서 자아존중감自我尊重感, self-esteem이 형성되면 아이들의 통일에 대한 긍정적인 사고도 저절로 높아질 것이다.

대내외적으로 활발한 외교활동과 새로운 정책들이 쏟아지고는 있지만, 통일 문제는 보수이든 진보든 간에 북한이 스스로 핵무기를 포기하게 하는 방향으로 힘을 강화시키도록 원심력을 두어야 할 것이다. 즉 자주적, 민주적, 평화적 통일은 주변국에도 이익이 될 것이라는 것을 설득력 있게 보여주어야 한다.

07 무궁화, 꿋꿋한 나라사랑

6월은 한국전쟁의 큰 아픔을 겪은 우리들 가슴속에 '호국護國'을 상징하는 가장 의미 깊은 달이다. 해마다 6월이 오면 왠지 모르게 숙연해지고 호국영령들에게 진심으로 감사하는 마음을 절로 갖게 된다.

나는 베이비부머 세대로 일제강점기와 6·25 한국전쟁을 피해서 태어났다. 한국전쟁 이후 절박한 재건의 시기를 극복하는 과정에서 부모님을 통하여 혹은 학교 교육을 통하여 전쟁의 참상을 알게 되었고, 애국심을 배웠다. 그러면서 우리는 늘 전쟁의 공포와 위협에서 벗어나지 못하고 세계 유일한 분단국가로 남북이 서로에게 총구를 맞대고 전쟁의 공포를 주고 있다.

하지만 2018년도 6월은 어느 해보다도 더 팽팽한 긴장감 속에서 세계의 주목을 받았다. 북한의 비핵화 선언과 함께 즉각적인 '풍계리 핵실험장' 폐쇄로 곧 평화로운 남북관계를 꿈꾸는 대한민국으로선 참으로 신선한 충격으로 다가왔다. 그래서 요즘 실시간으로 뜨고 있는 뉴스를 보면서 한순간도 그 긴장의 끈을 놓을 수 없다. 그것은 남과 북 당사자만의 문제가 아니라 주변국들과의 관계까지 눈치를 보면서 서로 밀고 당기는 팽팽한 전략과 다툼이 벌어지기 때문이다.

풍계리 '핵실험장 완전 폭파'와 동시에 터진 미국의 트럼프 대통령의 예상치 못한 발언으로 싱가포르에서 열리기로 예정된 '6·12 북미정상회담'이 취소되었을 때, 유럽과 우리의 주변국에서는 우려의 목소리가 높아졌다. 그리고 또 하루가 지나자마자 미국에서는 '북미정상회담'을 예정대로 가지게 되는지도 모른다는 여지를 남기는 뉴스가 터져 나왔다. 이는 한마디로 '트럼프식 게임'이라고 표현할 만큼 그의 전술은 마치 경영에 뛰어난 경영자의 전략처럼 북한과 미국 사이에서 기 싸움이 오가고 있는 것이다. 그리고 우리는 트럼프와 김정은 사이에서 오가는 기 싸움의 눈치를 살펴보면서 나름대로 나라의 전략을 세워야 하는 어려운 상황에 놓여있다.

'확실한 비핵화'와 '확실한 보장' 사이에서 미국과 북한은 한마디로 서로 카드 게임을 하고 있다. 트럼프의 '따뜻하고 생산적인 담화'라는 경영자적인 표현 역시도 예사롭지 않은 미국식 표현이다. 그러면 우리나라는 그 둘 사이에서 어떻게 이 난제를 풀어가야 하는지가 세계의 이목을 끌고 있다.

문재인 대통령은 한반도 비핵화의 항구적 평화는 계속돼야만 한다면서 초지일관 노력하고 있지만, 앞으로의 남북관계 역시 한 치 앞을 내다볼 수 없는 예측 불가 상태이다. '남북고위급회담' 취소와 '북미정상회담' 취소의 여러 가지 복잡한 악재로 이어지고 있다. 지난 5월 '판문점 선언' 내용에 이어 '장성급 회담', 그리고 '이산가족 상봉' 등 여러 가지 난항을 겪으면서 이런 문제들을 앞으로 어떻게든 잘 풀어가야 한다. 차라리 이러한 과정과 흐름이 지름길로 가는 남북통일의 통과의례라고 한다면 얼마나 다행한 일인가 싶다.

예로부터 삼면이 바다로 둘러싸인 대한민국은 늘 외적의 침입으로 조용하고 맘 편하게 살아온 날이 드물었다. 그러다 보니 우리나라 국민들은 자연스럽게 누구나 '나라 사랑' 정신 하나만큼은 태어나는 순간부터 깨닫게 되어 어느 민족보다도 투철하다. 요즘 삼삼오오 모이기만 하면 정치 이야기로 꽃을 피운다. 95세의 이웃 어르신은 운명하기 직전까지도 매일 누워서 TV 뉴스를 통하여 우리나라를 걱정하면서 자식들이 '정치학 박사'라고 불러줄 만큼 눈 감는 순간까지도 나라 걱정을 했다고 한다. 그만큼 나라를 사랑하는 애국심을 가진 국민들이 많다.

　어릴 적 고향 집 어귀 돌담길 가에는 여름철이면 무궁화가 쭉 피어 있었다. 나는 그 길을 걸으면서 혼자 조용히 나라를 생각하고 사랑하는 마음을 키워왔다. 그래서인지 지금도 태극기와 무궁화를 볼 때마다 가슴이 설레고 두근거린다.

　대한민국의 국화國花 무궁화는 진딧물이 잘 끼고, 이파리에도 진딧물이 많았다. 꽃이랑 이파리가 얼마나 달짝지근하고 맛이 좋으면 그리 진딧물이 들끓었을까 하는 생각이 든다. 지금이야 소독을 하고 잘 가꾸어서 어쩌면 인공적인 꽃처럼 느껴질 정도로 깨끗하기도 하거니와 우리나라 재래종보다 수입 수종을 더 많이 볼 수 있다. 하지만 내가 어릴 적에 바라본 무궁화는 자연 그대로 여름 내내 피고 지고, 피고 지고, 돌돌 말린 꽃봉오리를 달고 은은한 분홍빛 꽃잎을 서서히 펼치면서 꿋꿋하게 고향마을을 지켰었다.

　무궁화는 결코 화려하지도 않고 향기도 별로지만 분홍 꽃잎 속에 숨어있는 꽃술에서 묻어나오는 꽃가루를 좋아하는 진딧물처럼 왜 그리도 우리나라를 간섭하려고 하는 주변 국가들이 많은지 참으로 속상하다. 마치 남과 북은 평화통일을 꿈꾸면서도 정작 당사자가 직접 풀어야 할 문제를 왜 미국과 중국이 개입하고 일본까지 양쪽 눈치를 봐 가면서 우리의 심경을 건드리고 있는지….

아직도 그들의 욕심과 비양심적인 이기적인 계산법은 우리의 평화통일에 큰 장애가 아닐 수 없다. 어릴 적에 많이 들었던 말 중의 하나가, "미국 놈 믿지 말고, 소련 놈에게 속지 말자"였다.

2011년에 발발해 약 8년간의 내전으로 인해 폐허가 된 시리아 국민들의 참상을 보면서 안타까움을 금치 못한다. 결코 그들의 비극이 그들만의 문제가 아니다. 정치인들의 그릇된 판단이 선량한 국민들을 비극으로 몰아넣고 나라를 저버리게 되는 것이다. 어떠한 일이 있어도 전쟁만큼은 일어나서는 안 된다. 그러기에 우리는 정치인들을 잘 뽑아야 이 나라를 지킬 수 있다.

선거를 앞둔 후보자들은 너도나도 국민을 위해 정치를 잘 해보겠다고 앞장서서 목소리를 크게 높이고 있다. 국민들 앞에서 90도로 허리를 숙여 최대한으로 자세를 낮추면서 표 한 장을 달라고 애원한다. 그런 후에 당선이 되고 나면 태도는 거의 대부분 180도 완전히 달라지고 만다. 그들은 큰 뜻을 품고 크게는 나라 사랑을 위해 헌신하겠다고 약속한다. 또한 지역 주민들을 위해 자기가 아니면 안 될 듯이 발언을 하면서 공약을 세우고 지역을 위해 발바닥이 아프도록 뛰고 있다.

"잘 해 보자고, 잘 해 보겠다고…," 모두가 큰 소리로 자신만만하게 외친다. 국민들은 정말로 정치인들의 그 말을 믿고 싶어진다. 과연 모두 다 믿을 수 있을까? 그러기에 우리는 믿고 맡길만한 사람에게 한 표를 잘 찍고 또한 그들이 앞으로 잘해 나갈 수 있도록 믿고 따라 주어야 한다.

나라 사랑은 아무나 할 수 있는 일은 아니지만, 누구나 마음만 먹으면 다 할 수 있는 일이다.

이 중요한 시기에 분열과 거짓말로 모함하고 비방하는 일이 없이 하나 된 마음으로 진정한 평화통일을 위해 노력해야만 한다.

08 서민경제

　새해가 밝아오자마자 들썩이는 물가 인상 소식은 서민들 가슴을 조마조마하게 한다. 지난해 하반기 공공요금 인상에 이어 외식물가, 가구업체, 기름값, 화장품값 등 '도미노 인상'의 심상찮은 움직임을 보여 왔다. 이에 따른 서민경제에 타격을 주는 몇 가지 문제점들을 생각해 보자.

　첫째, 최저임금이 인상되었다지만 이로 인한 부작용이 더 크다는 점이다. 최저임금 인상을 역설적으로 살펴보면 인건비 부담을 겁낸 사업자들이 미리 가격 인상과 고용 축소에 나서고 있다. 당초 소비 확대와 생산 증가로 고용경제를 촉진시키려던 생각과 달리 오히려 소비 위축에 대한 부정적인 요소들이 국가 경제에 악영향을 미칠 것으로 예상된다. 따라서 여러 가지 구조적인 문제를 잘 풀도록 고용의 질을 개선하고 합리적인 서민경제를 활성화해야 한다.

　둘째, 밥상머리 물가의 안정이다.

　요즘 우리나라도 점점 외식 문화가 늘어나고 있기는 하지만 서민들은 아직도 '집밥'을 선호하고 있다. 그런데 막상 시장이나 마트에 가서 먹거리 재료를 구입하려면 몇 번 손에 들었다 놨다를 반복하곤 한다. 산지의 출고가에 비해 유통과정에서 많은 비용이 발생하다 보니 소비자들은 턱없이 비싼 가격에 구입할 수밖에 없다. 산지 농어민들과 소비자들 간의 직거래를 활성화시킬 수 있는 방안을 확대해야 한다.

셋째, 전통시장을 이용하기 편리하도록 주차시설을 더 확충해야 한다. 대부분 사람들은 대형마트의 주차장 이용이 편리하다 보니 가격 차를 체감하면서도 재래시장을 잘 이용하지 않으려 한다. 대기업의 횡포로 인한 소상공인에 대한 갑질 등 여러 가지 부작용을 해결하도록 하고, 서민들이 보다 더 편리하게 재래시장을 이용할 수 있도록 주차시설을 확보해 주어야 한다.

넷째, 사교육비 부담에 대한 교육정책에 관한 변화를 촉구한다.

나는 이미 아이들 사교육을 마친 상태라서 직접 피부로 느끼는 점은 아니나 이미 세 아이의 교육을 마치는 과정에서 교육비에 대한 부담이 생활비의 절반 이상을 차지했었다. 하지만 요즘 학부모들은 우리 때와는 비교도 안 될 만큼 배 속에서 아이가 나오자마자 영어교육이니 수학 등 학습지 교육부터 시작하여 교육열이 높아지고 있다. 그리하지 않으면 내 아이가 따라가지 못한다는 불안감 때문에 어쩔 수 없는 우리 교육의 현실이다.

예전에는 '개천에서 용 났다'고 비유했지만, 지금은 절대로 개천에서 용이 날 수 없다. 부모가 얼마만큼 능력이 있느냐에 따라서 아이들에게 교육비를 투자한 만큼의 성과를 얻을 수 있는 확률이 높기 때문이다. 지금의 모순된 교육정책을 개선하지 않으면 절대로 사교육비에 대한 감옥에서 그 누구라도 벗어날 수 없다.

다섯째, 부동산 값 상승으로 인한 인플레이션에 대한 우려이다.

최근 강남의 아파트값 상승으로 인해 20년 전에 2억에 산 부동산이 지금 6억 정도로 3배로 올랐다 해도 물가 상승률을 감안한다면 4억을 번 것이 아니다. 화폐가치만 보전했을 뿐, 서민들은 치솟는 부동산값을 결코 쫓아갈 수 없는 현실이다. 따라서 도시의 중심에서 살던 사람들이 점점 외곽으로 나갈 수밖에 없다. 전셋돈으로 외곽으로 나가면 내 집을 마련할 수 있기 때문이다.

결국은 '부익부 빈익빈' 현상이 커지면서 돈 많은 사람들은 가만히 앉아서 편하게 여가를 즐기고 살고 있지만 없는 사람들은 밤낮 이리저리 뛰어도 치솟는 집값을 따라잡을 수 없다. 그러다 보니 젊은이들은 자녀출산은 둘째고 결혼조차 엄두를 못 낸다. 지금 대한민국은 인구절벽 시대의 절박한 상황에서도 아이를 낳지 않으려고 하는 젊은이들과 생산인구 감소 및 국가안보를 책임져야 하는 젊은이들 수가 감소한다는 것이 참으로 걱정스럽다.

2019년도 대한민국의 자화상을 그려보면, 세계 자살률 1위, 높은 청년실업률과 고독사, 안전불감증으로 인한 각종 사고가 여기저기서 터지고 있다. 이를 어떻게 막을 수 있을 것인가? 국가가(?), 아니면 힘없는 서민들이 무방비 상태로 국가의 처분만 지켜보면서 고통을 감내해야만 할까?

어려운 이웃과 함께 공동체 생활 속 현장에서 뛰면서 누구보다 뼈저리게 많은 어려운 사람들의 모습을 지켜보았다. 그리고 서민의 한 사람으로서 수많은 서민들 속에서 그들과 함께 더불어 살아가고 있는 주부이다. 비록 잘 살고 못 사는 기준을 반드시 돈에다 두고 비교할 것은 아니지만 살아가는데 없어서는 안 되는 큰 힘을 가지고 있는

것이 돈 아닌가? 아무리 빈손으로 왔다가 빈손으로 간다고 해도 당
장 손에 쥔 것이 없으면 한 발자국도 움직일 수 없고 먹고 숨 쉴 수도
없다.

얼마 전에 나는 요즘 뜨고 있는 이헌영 아이디어 소설『한 생각』(매
경출판)을 읽고 우리나라 경제 양극화 현상에 대한 여러 문제점과 방안
에 대한 고민을 하게 되었다. 그 후 이 소설을 쓴 '헌영상사' 이헌영
회장님을 직접 만나 뵙고 나서 책을 쓰게 된 동기와 과정에 대한 궁금
증이 풀리면서 진정한 그분의 깊은 뜻을 알게 되었다.

이헌영 회장님은 지금이야 소설로 등단을 하셨지만, 이 책을 쓰기
전까지는 소설 공부를 따로 하신 것도 아니고, 그렇다고 등단을 하신
것도 아니었다. 단지 수십 년 동안 남몰래 어려운 사람들을 도우면서
도움의 손길을 필요로 하는 사람들이 점점 늘어나자 혼자 힘으로는
도저히 감내하기가 힘들어서 고민하다가 직접 아이디어 소설을 써서
세상에 내놓았다.

지금도 이헌영 회장님은 경제 양극화 문제 극복을 위해 고심하면
서,『한 생각』을 통해 제시하는 경제 양극화 해결을 위한 아이디어
가 현실에서 많은 사람들에게 적용되기를 바라고 있다.

다음은 우리 국민들의 경제 상식 부족으로 인해 무방비 상태로 겪
어야 하는 문제점에 대하여 재고해보자. 대부분의 국민들은 경제교
육을 거의 받지 못했다. 그러다 보니 자신이 가진 지식이 가장 큰 자
원이며 투자 대상이다. 그래서 주식투자도 하고 때론 자영업을 하다

보면 성공보다 실패할 확률이 높다. 경제 흐름을 제대로 파악하지 못하고, 무작정 투자하지도 못하고, 저금리 시대에 은행에 맡겨 놓을 수도 없다. 그렇다고 무작정 부동산 투자가 가장 고수익을 내던 시절도 아니다. 결국은 정보에 대하여 흐름을 잘 따라가는 사람만이 투자에 성공하여 돈을 번다. 전문가의 도움을 받지 않으면 안 되는 시대이다 보니 서민들의 경제개념은 자꾸만 격차가 벌어지고 있다. 서민들이 경제에 대하여 쉽게 배우고 이해 할 수 있도록 프로그램을 만들어서 이용할 수 있었으면 한다.

서민들은 누굴 믿고 살아야 하나? 국가를 믿고 따르면서 열심히 노력하는 사람들이 서민들이다. 경제를 이끌어가는 주역이 국민이 아닌가? 소비자가 직접 나서야 경제도 살아나고, 경제가 살아나야 국가가 안정되고. 국가가 안정돼야 서민들도 편안하게 살 수 있다. 결국은 경제적인 고통 분담을 국가에만 맡겨서도 안 되고, 국가와 국민이 서로 함께 극복해야 한다. 국가에서는 정치와 행정개혁으로 좀 더 투명하고 공정한 거래를 지향하도록 세심히 살펴보고 정책을 개선할 필요가 있다.

선거 유세 때마다 정치인들은 서민경제를 책임지겠다고 공약을 내세운다. 서민들이 얼마나 소중한 사람들인가를 직접 현장으로 나가서 눈으로 보고 뛰는 사람들, 그래서 공약을 내세우고 공약을 지키려 하나 결코 실천하기 쉽지 않다. 이러한 공약들을 선거 때에만 내세우는 정치인이 아니라, 서민경제에 대한 심각성을 잘 깨닫고 철저한 현장 조사를 통해 서민의 목소리를 직접 들어보고 제대로 된 공약사항을 내세우고 실천하는 정치인이었으면 한다.

09 김장김치에 대한 단상

- 수혜자와 자원봉사자의 입장

해마다 11월이 되면 각종 관공서와 단체마다 김장김치 행사로 분주하다. 나 역시 20여 년 동안 소속된 봉사 단체에서 11월 내내 4~5차례 김장 행사에 참여했다. 크게는 서울시청에서 주관하는 김장 행사에 약 1천여 회원들이 참여하였고, 구 김장, 동 김장과 복지관 김장 등 끊임없이 연달아오는 김장 행사에 직접 참여하면서 힘들고 바쁜 시간이었다.

태풍과 폭염으로 배추와 고춧가루값이 많이 올라 지원받은 예산으로는 계획을 세우는 일이 해마다 벅찼다. 후원 업체를 찾아다니며 부탁해 조금씩 모은 후원금으로 간신히 계획을 세웠다. 봉사자들을 모으고 직접 김치를 담가서 배부해 드리기까지 참으로 힘들었다. 왜 이렇게 모두들 연말에만 김장김치를 담근다고 여기저기서 아우성치는지 모르겠다.

1년 중 아무 때나 김치를 담가서 골고루 배부해 주는 것도 한 번쯤은 고려해 봄 직하다. 날씨가 추워지기 때문에 겨우내 저장해 두고 먹기 위해 담그는 김장이 지금은 큰 의미가 없다. 냉장 보관을 할 수 있는 김치냉장고가 있어서 아무 때나 김치를 담가서 1년 내내 먹을 수 있기 때문이다. 그런데 굳이 연말에 여기저기서 김장 담그는 모습은 훈훈한 정을 나눌 수 있어 좋지만, 후원 업체나 후원을 받아 김장을 하고 있는 사람들이나 모두 겹겹으로 바쁘고 힘들기 때문이다.

　우리 정부의 복지 정책이 많이 좋아지고 있다. 반면에 좋아질수록 수요 또한 계속 증가할 수밖에 없는 이유는 무엇일까?

　예를 들면 새마을부녀회, 적십자, 종교시설, 복지관 혹은 모 대기업에서 직접 직원들이 김치를 담가서 각 동 주민센터로 보내 어려운 분들에게 골고루 나눠주고 있다. 그렇지만 아직도 사각지대에 놓인 사람들은 이러한 혜택을 전혀 받지 못하는 경우도 많다.

　얼마 전에는 주위 사람의 요청을 받아서 사각지대에 있는 사람을 찾게 되어 김장 김치를 직접 전달해 주었다. 그 젊은 부부는 이미 2년 전에 지인으로부터 안타까운 소식을 듣고 도움을 주었던 사람이었다. 당시 다섯 살 아이가 지하방에 혼자 울고 있다는 제보가 왔다. 아이 엄마가 갑자기 집을 나가서 아이 혼자 돌아다닐까 봐 문을 잠가두고 아이 아빠가 돈 벌러 나갔던 것이다. 김치 두 박스를 현관 문 앞에 놔두고 마트를 가보니 아빠는 8시가 돼야 퇴근한다고 했다.

　다음 날 구청 복지 담당자에게 사실을 알려서 아이는 바로 어린이집에 다닐 수가 있었다. 그 후 2년 만에 다시 연락해 보니 아이 엄마랑 함께 고시원에서 살고 있었다. 이제 일곱 살인 아이와 그 좁은 고시원에서 세 식구가 산다고 생각하니 마음이 아팠다. 들고 간 김치를 전해주며 아이 엄마의 등을 다독여 주었다. 참 잘했다고, 아이 잘 돌보면서 함께 행복한 가정을 만들어서 고맙다고.

　김치를 더 주고 싶었지만, 고시원에는 공용 냉장고를 사용하기 때문에 보관이 어려웠다. 오히려 김치 박스를 들고 고시원 식구들과 함께 나눠 먹을 수 있다고 기뻐하는 모습을 보면서 정말로 마음이 뿌듯했다.

점점 노인 인구가 증가하면서 홀로 사는 어르신들이 많고, 자식들이 있어도 소외당한 채 혼자서 어렵게 살 수밖에 없다는 것이 참으로 안타까운 현실이다. 때문에 고독사孤獨死로 이어지게 된다.

반면에 혜택을 받는 사람들의 태도에도 문제는 있다. 사정에 따라 못 줄 때도 있는데 해마다 김장김치를 받아먹다 보니 오히려 관할 구청이나 주민센터에 전화해서 올해는 왜 김치를 안 주느냐고 항의를 하는 사람도 있다 한다. 마치 자기 몫을 받지 못한 것에 대하여 따지는 식으로 말이다.

나보다 더 어려운 이웃을 생각해서 양보하고 배려하는 마음가짐으로 많은 사람들의 수고를 생각해 주었으면 한다. 갈수록 점점 후원자와 봉사자 수가 줄어들고 있는데 그들에게 힘이 되어줄 수 있는 말 한마디에 용기를 잃지 않도록 서로 나눌 수 있는 고마움의 따스한 인사로 훈훈한 연말을 보냈으면 한다.

10 송년회 유감

- 송년회를 이웃과 고향에서

　해마다 연말이 되면 모든 기관이나 회사, 단체에서는 평가대회나 송년회로 한 해를 마무리하고 있다. 뿐만 아니라 동문회나 향우회 혹은 크고 작은 친목회들도 한 달 내내 연말모임 행사로 분주하다. 12월은 그야말로 한 해를 마무리하는 소중한 시간이다. 그러나 으레 술자리를 만들어 소란스럽게 한 해를 보내려는 것은 송년 의미에 어긋난다. 한 달에 한 번 또는 두 달에 한두 번 만나는 얼굴들인데, 유독 12월 모임에 더욱더 의미를 두는 것은 왜일까?

　묵은해를 보내고 새해를 맞이하자는 '송구영신送舊迎新'은 새해 첫날에 가장 많이 주고받는 말이다. 예전에는 카드나 엽서에 정성 들여 쓴 손글씨를 주고받으면서 연말연시 인사를 나누며 정서적으로 공감하는 분위기였다. 그런데 언제부턴가 송년회를 '망년회忘年會'라 하여 한해의 좋지 않았던 기억은 지워버리고 새해를 맞이하려는 것에 의미를 더 두고 있다.

　그리고 보면 세상은 참 많이 변했다. 성탄절부터 시작된 카드와 신년 인사 메시지가 사라져가고, 요즘은 SNS 문자나 동영상까지 다양하게 퍼져있어 손쉽게 인사를 주고받는다. 물론 쉽고, 빠르고, 좋은 점도 있다. 그러나 너무 똑같은 내용을 너도나도 경쟁하며 퍼 나르는 기계 냄새 풀풀 나는 메시지라서 마음에 그다지 크게 다가오지는 않는다.

대부분 송년회 자리에서 처음에는 다양한 건배사를 만들어 내며 직장 상사나 동료, 혹은 동문회나 친목 모임에서 특색 있게 화기애애한 분위기로 시작한다. 하지만 어느 정도 지나면 반드시 한두 명은 술을 과하게 마셔서 실수하는 불상사가 발생한다. 연이은 모임으로 계속 술을 마시다 보니 몸은 망가지고 정신도 흐릿해지면서, 다음 모임에 가면 또 거절하지 못하고 마셔야 하는 게 술이다.

특히 한국인들은 자기 몸이 망가져도 내색 않고 마셔주는 게 예의라는 생각에 쉽게 거절하지 못하는데, 이것은 바람직한 미덕도 아니고 예의도 아니다. 지난 1년 동안 열심히 살았다고 서로 격려하고 나누면서 새해를 맞이할 준비를 한다는 송년회의 의미는 참 좋지만, 굳이 취할 때까지 술을 마시고 2, 3차까지 이어지는 여흥시간을 보내야 의미 있는 송년회인가 반문하고 싶다.

어디 그뿐인가? 관공서 단체장들이나 정치인들은 식사도 제대로 못하고 모임이나 행사장으로 인사를 다니느라 어느 행사 하나 제대로 끝까지 자리를 못 한 채 인삿말만 겨우 몇 마디 던지고 다음 장소로 이동한다. 더군다나 송년 행사장에 지역을 대표하는 사람이 오지 않으면 마치 볼품없는 행사로 치부하거나 섭섭하게 생각하는 점이 문제다

지난해 연말에 지역단체 평가대회를 곁들여 기존의 형식에서 벗어나 색다른 송년 행사를 만들었다. 약 150여 명의 회원들이 서로 목에다 예쁜 스카프를 매주면서 "수고했다"고, 서로 등 두드려 주면서 안

아주었더니 놀랍게도 분위기가 아주 좋아졌다. 장기자랑 시간에는 먼저 안 하려고 빼던 회원들이 자발적으로 나와 흥겨운 시간으로 마무리를 마치고 헤어지는 시간까지 아쉬워하는 모습이었다.

송년회보다 시무식에 더 의미를 두었으면 한다. 연말에는 어렵고 소외된 이웃을 찾아가 봉사활동을 하거나 병상에 누워있는 지인들을 방문해 위로해 주고, 조용히 가족들과 함께 여행을 하거나 가족회의를 열고, 평소에 자신에게 투자하지 못했던 일에 시간을 보내면서 자기성찰의 시간을 가져보면 어떨까?

아니면 고향에 계신 부모님들을 한 해가 가기 전에 꼭 하룻밤이라도 부모님 손을 잡고 잠을 자면서 부모 곁을 떠나기 전 모습으로 돌아가 보는 것도 괜찮을 거 같다. 그러면 잠시 추억 속의 어린 시절 엄마 품에서 고이 잠들었던 따스한 온기로 마음이 차분해질 것 같다.

마경덕 시인의 시 '빈집'은 우리들 가슴에 아직도 훈훈하게 남아 있는 정겨운 그림 한 장을 꺼내 보는 듯하다. 시인은 빈집에 그늘이 한 자루라고 표현했다. 추녀 끝에 아직도 매달려 있는 씨 종자와 폐허로 남아있는 잔풀들, 절구통 밑에 숨어있는 대추 몇 알, 그리고 바람의 성대만이 아직도 늙지 않은 빈집의 풍경은 쓸쓸하고 삭막하기 그지없다. 그러나 빈집은 단지 보이는 그대로의 폐가이기보다 고향에 계신 부모님 혹은 아무도 돌보지 않는, 이웃의 쓸쓸한 노인의 뒷모습이기도 하다.

우렁이는 몸통 안에다 알을 부화시킨 후 자기 살을 모두 내어준다. 어미 살을 모두 파먹고 자란 새끼들이 떠나버린 후 빈 껍질로 뒹굴고 있는 우렁이 모습이 지금의 우리 부모님 모습이다. 성인이 되어버린

나에게 빈집의 그늘은 이제나저제나 자식을 기다리다 지쳐버린 부모님의 어두운 뒷모습이다.

사람이 살다 간 빈집이 그저 쓸쓸함과 적막을 담고 있는 폐가만은 아니다. 그늘이 존재하고 그늘 아래서 잡초가 자란다. 빈집은 적막과 고요가 그대로 자양분이 된다. 기울어가는 지붕을 받치고 있는 대들보와 여기저기 걸쳐진 거미줄, 그리고 대추나무와 감나무가 빈집을 지키고 있는 어린 시절의 옛집이 떠오르며, 한 시절 깔깔대던 아이들 웃음소리와 따스한 시간의 온기를 고스란히 담고 있는 추억이 느껴진다.

그렇듯이 자식들이 도시로 떠나가고 남은 고향에서 노심초사 자식 걱정으로 먼 하늘만 바라보며 자식들을 기다리는 부모님을 생각해본다면 명절이나 특별한 일이 있을 때만이 아니라 연말에 다시 한번 찾아뵙는 것도 좋을 것이다. 특히 홀로 남으신 어머님들의 가슴은 얼마나 외롭고 쓸쓸하실까 싶다.

또 한 해가 저물어가고 있다. 새해를 잘 맞이하자고 송구영신送舊迎新을 외치며 12월을 그저 송년회로 다 보내버리고 나면 몸과 마음은 더욱더 허전하고 쓸쓸함만 남는다. 새로운 의미를 담는 시간과 한 해의 가치를 담아서 출발하는 송년 문화로 바뀌었으면 하는 바람이다.

11 부권회복父權回復

- "아버지를 찾아드립니다"

"남성들은 그들이 만들어 낸 사회구조에 얽매인 수인囚人으로 전락했다." 핀란드 헬싱키에서 '아버지 권리 되찾아주기 국제회의' 에서 후트 장관이 말했다. 지금은 부권회복父權回復이 절실하게 필요한 시기이다. 과거의 아버지들이 안 보인다. 많은 아버지들이 '아버지' 의 권위를 자각하지 못하고 있는 것이다. 그것은 복잡한 사회생활 구조로 인한 환경의 압박과 자녀들에게까지 존경의 대상이 되지 못하기 때문이다. 즉 가정家庭 안에서 가족家族은 있지만 아버지의 자리가 없다는 것이다.

이 시대 아버지들은 마치 태평양 연안의 바닷고기 천축잉어와 같다. 천축잉어는 암놈이 알을 낳으면 수놈이 그 알을 입에 담고서 부화시킨다. 또한 부화 과정에서는 아무것도 먹지 못한다. 수놈은 알이 부화할 즈음이면 기력을 잃어 가는데, 알을 입에서 뱉어내면 살 수 있는데도 끝내 죽음을 선택하고 만다. 조창인의 장편소설 『가시고기』 역시 불치병 아들을 살리기 위한 아버지의 처절한 사랑과 헌신이 각인 된 실화를 담아내 많은 독자에게 감동을 전했다.

급속도로 발전하고 있는 문명의 발달로 삶의 질은 향상되었다. 그러나 아버지의 설 자리가 점점 좁아지고 있다는 것은 참으로 애석한 일이 아닐 수 없다. 가족이라는 공동체 안에서 무거운 마음의 짐을 지고 힘들어하는 아버지들의 위치가 불안하고 그 설 자리까지 사라지고 있는데도 끊임없이 가장家長에 대한 책임감만 요구하는 건 아닌가 싶다.

아버지들의 위기다. 아버지들이 흔들리고 있는 것이다. 이따금 술자리에서 자조 섞인 농담을 들어보면 심각한 수준이다.

"집에서 가장 먼저 치워야 할 것은?"

"집에서의 위치는?"

"엄마, 큰아들, 작은딸, 강아지, 다음에 아빠…"

심지어 어쩌다 일찍 집에 들어와 소파 위에서 누워있는 아버지를 본 아이들은 집 안을 한 바퀴 돌아보고는, "어, 아무도 없네."라고 말을 할 정도로 아버지의 존재가 희미해지고 있다.

프로이드는 "내가 어린 시절 가장 원했던 것은 아버지의 보호막이었다."라고 하였고, 오바마 대통령은 "남자에게 가장 중요한 일은 좋은 아버지가 되는 것이다."라고 하였다.

어머니의 사랑이 향기로운 꽃이라면 아버지의 사랑은 넉넉한 그늘을 드리는 큰 나무와도 같은 것이다.

대부분 아버지들은 워커홀릭으로 사는 동안 자신은 돌보지 못하고 가족을 위해 열심히 일하지만 노후에는 돈도 없고 늙어가면서 몸도 마음도 지쳐만 간다. 또한 자녀교육을 위해 가족을 해외로 보내고 혼자서 외롭게 기러기 아빠로 열정을 바치며 사느라 노후 대비는 생각도 못한다. 그러다 자칫 잘못하면 가족에게 버림당하는 참담한 모습으로 홀로 남게 된다. 특히 베이비부머 세대에 해당하는 결혼 20년 차 이상 부부의 황혼이혼이 점점 늘어나고 있다. 이런 현상이 지속돼 간다면 머잖아 이 시대의 남자들은 결혼을 하고 싶어 하지 않을 수도 있다.

서구 유럽이나 호주에서는 남자들의 결혼 기피율이 증가하고 있다. 한집에서 사는 남녀가 부부처럼 보이지만 사실은 부부가 아니라 동거인으로서 아내에 대한 호칭도 '마담'이라고 한단다. 그것은 결혼 후 이혼을 하게 되면, 즉 전처의 뒷바라지를 해야 한다는 법적 제도 때문에 결혼을 회피하는 데서 오는 현상이다. 이런 제도가 결코 남의 나라 일만이 아니라 곧 우리나라에서도 일어날까 두렵다.

아버지가 사라진 사리를 부성실조父性失調라고 한다. 부성실조란 아버지가 존재하지 않거나 또는 아버지가 존재하더라도 그 역할을 제대로 수행하지 못함으로써 아버지의 부재 결과를 초래하는 경우를 말한다.

그 부성실조의 주요 원인은 이혼이나 별거, 그리고 부친의 사망 등으로 아이들이 자라나는 과정에서 아버지로부터 받아야 할 부성애 결핍 현상이다. 그리고 부적절성에 의해 자녀의 지적, 정서적, 사회적 발달에 여러 가지 장애를 주게 되는 부적합한 환경을 의미한다. 따라서 어쩔 수 없는 환경적 요인으로 부성실조가 발생한다 하여도 이를 대신해줄 수 있는 사회보장제도 또한 절실한 현실이다.

최근에는 아버지들의 가치관에 변화가 일기 시작하면서 남성들도 가정을 중요시하고 훌륭한 아버지가 되려고 노력하고 있다. 각종 종교단체나 시민단체에서도 '아버지 학교'를 운영하면서 새로운 아버지상을 세우려고 노력하고 있다.

모든 것에는 제자리의 미덕美德이 있다. 아버지는 아버지의 자리에, 어머니는 어머니의 자리에서 자녀들을 돌봐야 행복하다. 한때 가부장적 시대에는 여성의 지위를 높여줘야 한다고 목소리를 높였지만 지금은 양성시대를 주장하면서 동등한 위치를 만들려고 한다. 하지만 누구보다 아버지가 살아야 가정이 살고, 가정이 살아야 가족이 행복하고, 국가도 번창한다. 진정한 아버지를 회복하기 위한 프로그램을 개발하여 점점 무너지고 있는 아버지의 위치와 자리를 제대로 지켜 낼 수 있었으면 좋겠다.

제5장

아름다운 삶

꽃의 비밀

한상림

피었다가 시들고
사라지는 것들에서 봄을 읽는다

앞 다퉈 터지려는 꽃망울도
꽃 진 자리 새 잎 돋는 나무의 몸짓도
허공에 중심 세우고
꽃 핀 자리 스스로 내어줄 줄 안다

01 삶의 절정은 지금이다

세 가지 소중한 '금'을 꼽는다면 그것은 바로 '황금, 소금, 지금'이다. '지금'이야말로 가장 소중하면서도 값진 삶의 절정이며, 살아있는 현재 가장 젊은 날이다. 그러나 우리는 그 소중함을 잊고 산다. '지금'이야말로 흘러가는 시간이고, 황금이나 소금처럼 눈에 보이지 않아서인지 대부분의 사람들은 '황금'과 '소금'을 '지금'보다 더 중요하게 생각하는 것 같다.

2019년도 황금돼지해를 맞이한 지가 엊그제인데 어느덧 2020년도를 앞두고 하루하루를 바쁘게 보내고 있다. 즉 내가 살아있는 '지금'이야말로 쏜살같이 날아가는 화살과 같은 순간이다.

일정표 안에 담긴 메모를 따라서 움직이다 보면 휴대폰의 '고삐'에 끌려다니는 한 마리의 소를 연상하게 된다. 거의 십여 년 내내 하루에도 여러 가지 일정들을 소화해야 하는 봉사단체에서 단체장을 맡고 보니 직장인 못지않게 늘 바쁘게 쫓기면서 살고 있다. 그 모습이 마치 네 개의 위를 가진 소처럼 늘 반복하여 되새김질하면서 주인의 채찍질에 따라 움직여야 하는 소의 모습이 연상된다. 그렇다면 소의 고삐를 쥔 주인은 누구이고, 어떤 이유로 돈벌이도 안 되는 일에 육체적인 고달픔과 정신적인 긴장감을 놓지 못하고 끌려다니는 이유는 무엇일까?

고삐에 의해 끌려다니는 한 마리의 소를 생각해 보자.

어린 송아지가 어미 소의 젖을 먹고 자라면서 코뼈가 조금씩 여물어 갈 즈음 콧속 무른 뼈에 코뚜레가 뚫리고, 주인이 고삐를 거는 순간 그때부터 소는 주인의 채찍에 따라 움직이고 주인의 손에 운명을 맡겨야 하는 짐승으로 살아간다. 죽을 때가 되면 가죽과 살과 뼈와 꼬리와 내장까지 거의 모든 것을 다 사람에게 내주고도 무명으로 이승을 떠날 수밖에 없다. 또한 소는 자기 육신의 껍데기인 가죽까지 사람들의 옷과 가방과 구두로 내어주고 나서야 사람에 이끌려 어디로든 다닐 수 있다. 하지만 그 역시 자유로운 것만은 아니지만 죽어서야 비로소 고삐에서 완전히 벗어나게 된다.

'이승의 고삐'와 '저승의 자유' 중에서 어떤 게 더 좋으냐고 소에게 물어보면 그래도 이승의 고삐에 묶여 살던 시절이 더 좋다고 분명히 말할 것이다. 그렇듯이 우리 인간들도 마찬가지로 빡빡한 일정에 이끌려 여기저기 다니면서 살 수 있는 사람이나, 한가로이 여가를 즐기면서 취미생활을 하는 사람이나, 병상에 누워서 살고자 하는 희망을 가진 사람이나, 죽음에 직면해 호스피스 병동에서 하루하루 연명하고 있는 사람 모두 살아있는 현재, 즉 지금이 가장 처절한 생의 절정絶頂인 것이다.

따라서 현재의 삶은 비록 자유롭지는 못하지만, 하루하루가 새롭고 신비스러울 만큼 행복하다고 자신 있게 말할 수 있다면 이보다 큰 행복은 없다. 물론 사람 숲에서 살다 보면 신경 쓸 일도 많고 스트레스도 많이 받게 되지만 비교적 역동성으로 어딘가 나를 필요로 하는 곳에서

정해진 시간에 따라 움직인다면 아플 겨를도 없이 지내게 된다.

하지만 누구든지 세월 앞에 장사 없다. 대부분 늙어가면서 여기저기 쑤시고 아프다 보니 매일 먹어야 하는 약의 종류도 늘어간다. 나이 듦으로써 겪게 되는 질병에 대한 고통과 죽음에 대한 두려움이야말로 피할 수 없는 고통이다. 그렇다고 건강에 자신이 있어서 걱정 않고 움직일 정도가 아닌데도 불구하고 매일매일 빡빡한 일정의 봉사활동을 소화해내는 모습을 일반인들이 보기엔 이해가 안 될 수도 있다. 그러나 봉사자들 대부분은 현재 하고 있는 봉사생활에서 선뜻 손을 떼지 못하고 몇십 년 동안 꾸준히 지역사회에서 헌신하고 있다. 그것은 아마도 나름대로 성취감과 보람을 느끼기 때문일 것이다.

자원봉사란 그야말로 자율적이면서 무보수로 지속적으로 해야 하는 머나먼 여정旅程과 같다. 나는 마흔 살 초반에 시작한 새마을부녀회원으로서 지역사회를 위하여 꾸준히 노력하던 열정 탓으로 지금에 와서는 꽃을 피워 결실을 맺고 있는 위치에 놓여 있다. 때문에 민民과 관官의 중간 입장에서 가교자의 역할을 매끄럽게 만드는 사람으로서 보람을 느낀다. 20여 년 동안 자원봉사활동을 하면서 참 많은 사람들을 만나왔고, 그들을 통하여 여러 가지 다양한 세상사의 이치도 깨달을 수 있어서 글을 쓰는데 많은 소재를 얻어 큰 도움이 되었다. 매일 만나는 많은 사람들 속에서 소재도 얻고, 현실을 직시할 수 있는 눈을 뜨기 때문에 다양한 장르의 글을 쓸 수 있어 일거양득이니 그다지 손해가 되는 봉사는 아닌 셈이다.

우리는 '지금', 무슨 생각으로, 무엇을 위해, 무엇에 이끌려, 어디로 가고 있을까? '인생人生'이라는 돛을 매달고 혼자서 망망대해를 항해해야 하는 것이 인간의 삶이다. 항해를 하다가 잔잔한 파도를 타고 가다 보면 지루하기도 하고, 심심할 땐 다른 배를 기웃거리면서 말도 걸어 보고, 손도 잡아 보고, 먹을 것도 나눠 먹고, 노래도 함께 부르게 될 것이다. 또한 지루하다 싶다가도 예고 없이 비바람과 풍랑도 만나게 되어 혹시 배가 뒤집힐까 봐 하늘을 바라보며 제발 살려달라고 기도도 하게 될 것이다. 그러면서 수시로 누군가에게 도움의 손길도 뻗게 될 것이다.

시몬느 보봐르는 "모든 사람은 혼자다."라고 하였다. 결국은 홀로 태어나서 홀로 가야 하는 길이 인생이다. 가는 동안 외롭고, 힘들고, 어려울 때 우리는 손을 내밀어 누군가에게 도움을 청하게 된다. 그때 손을 잡아줄 수 있는 사람들이 봉사자奉仕者들이다.

혼자서는 결코 갈 수 없는 길, 그 인생길에 나약하고, 아프고, 힘든 사람에게 조금이나마 위로가 되어 줄 수 있는 사람, 누구나 언젠가는 죽음이라는 곳으로 떠나지만 그 길에 힘이 되어 준다면 그보다 더 값진 시간은 없을 것이다.

즉, 그 시간이 바로 '지금'이 아닐까? 가끔은 지금 이게 뭐 하는 짓인가 싶어서 자책할 때도 있었지만, 결코 한 번도 후회해 본 없이 아주 당당하게 앞만 보며 달려갈 수 있는 길이 바로 봉사의 길이었다.

남은 시간은 더욱더 바빠질 것이고, 이미 몇 해 전부터 반복해 온 여러 가지 일이 기다리고 있다. 무언가, 어디선가, 누군가가 그렇게 나를, 우리를 기다리고 있다는 것은 참으로 행복하고 즐거운 일이다. 그것은 '지금' 여기에 내가, 우리가 함께 있기 때문이다. 혼자이면서도 결코 혼자일 수 없는 시간, 그것이 바로 '지금'이다.

02 봄이 온다

3월이 오면 삼라만상이 분주해진다. 땅속에 있는 씨앗들은 새싹을 밀어 올리며 발아를 시작하고, 겨우내 잠들었던 나무도 꽃눈을 틔우려고 가지 끝으로 양분을 끌어올려 새잎 돋을 준비를 한다. 덩달아 바람도 신이 나서 꽃눈 간지르며 긴 동면에 잠들어 있던 나무들도 기지개를 켠다. 산골짜기의 계곡이 몸을 풀면서 시냇물 흐르는 소리, 가지 사이에 이는 바람 소리, 새 소리와 함께 구석구석 봄의 전령사들의 따스한 꽃소식이 밀려온다.

봄의 전령인 꽃들의 함성은 마치 태극기 휘날리며 밀려오던 3·1 운동의 '만세' 함성처럼 추운 겨울에서 해방되었음을 알린다. 또한 꽃샘추위가 움츠리고 있는 우리의 몸과 마음에 몸살을 일으키며 부산을 떨어대다가 잠들어 있던 우리의 영혼을 깨우고 나서야 물러간다.

3월은 자연의 몸짓으로부터 온다. 봄눈이 지나간 빈 나뭇가지에 맺힌 산수유나무와 생강나무의 연노란 꽃잎 벙그는 소리, 산꿩의 분주한 날갯짓, 그리고 아지랑이 피어오르는 산과 들판 위에서 종다리가 봄소식을 물어다 준다. 남쪽에서부터 터지기 시작한 매화 꽃망울 함성이 북상해 오면서 온 천지는 축제 분위기로 들뜨고, 오색찬란한 꽃들의 향연을 바라보면 고향을 잃은 사람들은 더욱더 고향을 그리워하게 될 것이다.

해마다 3월이면 새내기들이 새 옷을 갈아입고, 새 가방을 들고, 새 배지를 달고, 새롭게 학교생활을 시작하는 달이다. 그러기에 우리들은 3월을 표현할 때, "3월이 온다"라고 하는 것이 아닐까?

3월 21일은 태양이 적도 위를 비추어 낮과 밤의 길이가 같다는 춘분春分이다. 춘분을 전후하여 철 이른 화초는 파종을 하고 화단의 흙을 일구며 며칠 남지 않은 식목일에 씨 뿌릴 준비를 한다. 춘분을 즈음하여 농가에서는 농사 준비에 바쁘다. 특히 농사의 시작인 초경初耕을 엄숙하게 행하여야만 한 해 동안 걱정 없이 풍족하게 지낼 수 있다고 믿었다.

음력 2월 중에는 바람이 많이 분다. "2월 바람에 김치 독 깨진다.", "꽃샘에 설늙은이 얼어 죽는다."라는 속담이 있듯이, 바람은 동짓달 바람처럼 매섭고 차다. 이는 풍신風神이 샘이 나서 꽃을 피우지 못하게 바람을 불게 하기 때문에 '꽃샘'이라고 한다. 한편, 이때는 고기잡이를 나가지 않고, 먼 길 가는 배도 타지 않았다.

농경사회에서 우리 조상들은 오로지 자연에 순응하면서 기후변화에 따라 농사일을 했다. 춘궁기인 3월을 지내기가 여간 힘든 게 아니었다. 먹고 사는 문제가 급박한 가난한 현실에서 겨울은 또 얼마나 지루하고 길었을까? 철모르는 아이들은 처마 끝에서 녹아내리고 있는 고드름을 따먹으면서 깡통차기와 구슬치기, 딱지치기를 하면서 놀았다.

내 어릴 적 기억 속의 3월도 녹록지만은 않았다. 하얀 쌀밥은 구경하기도 힘들었다. 보리쌀에 고구마를 섞어 만든 밥과 무밥, 시래기

밥, 수제비를 끼니로 먹으면서 유일한 간식은 고구마가 전부였다. 아버지는 고구마 농사를 많이 지었는데, 작은 방 안에 내 키보다 훨씬 큰, 수숫대로 엮은 퉁가리를 만들어서 그 속에 고구마를 가득 채워놓고 3월까지 식량을 대신했다. 지금은 먹고, 입고 지내는 모든 것들이 유년의 기억 속 가난했던 겨울보다 훨씬 풍요로운 시대를 살고 있지만, 정서적으로는 오히려 메마르고, 삭막하고, 너무도 바쁘게 살고 있다. 어쩌면 추억 속의 가난했던 시절을 되돌아볼 겨를 없이 바삐 살아가다 보니 배고픈 시절을 자꾸만 잊고 사는 건 아닌가 싶다.

풍요 속의 빈곤처럼 현실에 대한 불편하고 불만족스러운 것들을 견디지 못하고 그저 편안하고 편리한 것만을 추구하거나, 더 많은 것을 요구하려는 욕심이 앞설 때가 많다. 또한 문명의 이기利器 속에서 스마트폰에 의지하여 정보를 주고받고 소통하면서 때로는 대인관계마저 기계에 더 의존하면서 사람과 사람 사이에 주고받던 정情이 점점 메말라가고 있다.

나는 그동안 배고프고 아린 유년의 추억들을 우리 아이들에게 한 번도 설명하거나 들려줄 기회조차 만들어 주지 못했다. 아마도 60~70년대 우리가 살아가던 모습을 들려준다면 상상도 안 되거니와 우리가 아무리 실감나게 들려주어도 끝까지 들으려고도 하지 않을 것이다.

너무 현실과 동떨어진 이야기들을 '4차 산업혁명 시대'를 맞이하는 아이들에게 고리타분한 이야기를 들려준다면 아마도 전래동화 속 '흥부 놀부 이야기'나 '호랑이 담배 피우던 시절' 이야기처럼 아주 생소하여서 별 흥미를 느끼지 못할 게 뻔하다. 이런 것들이 어쩌면 진보와 보수의 세대 차이에서 오는 오해와 갈등으로 이어지는 어려운 소통의 문제점일지도 모른다.

박목월 시인은 '2월에서 3월로 건너가는 길목에서' 라는 시에서 "무슨 일을 하고 싶다/ 엄청나고도 착한 일을 하고 싶다/ 나만이 할 수 있는 일을 하고 싶다"고 노래했다. 그렇다. 3월은 무언가 새로운 일을 시작하면 무엇이든지 잘 이뤄질 것만 같은 역동의 달이다.

어떤 목표를 향해 어떤 일을 시작할 때 처음의 힘으로 끝까지 달릴 수 있는 것이라고도 한다. 동계올림픽의 스켈레톤 경기에서도 첫 스타트가 그 성패를 좌우하게 되는 것을 보았다. 처음 출발의 힘으로 끝까지 차분하게 종주할 수 있는 빙상경기처럼, 우리의 봄도 처음 시작의 힘으로 한 해의 목표 지점에 잘 도달할 수 있다. 그런 의미에서 3월은 어느 달보다 희망차고 역동적인 힘으로 우리에게 다가오기 때문에 2월이 가는 것이 아니라 '3월이 온다' 라고 하는 것이다.

3월을 며칠 앞둔 지난 2월 25일, 평창동계올림픽 경기도 마쳤다. 수년간 만반의 준비를 해 온 올림픽 추진위원회와 자원봉사자들의 단합된 모습으로 성황리에 큰 행사를 잘 마쳤다. 더군다나 남북한 단일팀인 여자 아이스하키 선수들의 경기를 보면서 함께 한반도기를 흔들던 남북한 응원단 모습은 예상치 못한 일이었지만 잠시나마 한 민족 동지애를 서로 느낄 수 있는 잊지 못할 순간이었다.

북한의 핵 문제로 인해 냉각돼 있는 남북관계를 잠시나마 희망의 시선으로 바라볼 수 있도록 세계의 주목을 받기도 하였지만, 이 또한 앞으로 풀어가야만 할 우리 정부의 가장 큰 과제로 남아있다.

한편 내게 3월은 언제나 첫사랑처럼 설렘으로 다가온다. 그래서 3

월을 생각하면 왜 그리 마음도 몸도 분주해지는지 모르겠다. 해야 할 일들, 하고 싶은 일들이 너무도 많기 때문이다. 어쩌면 풋풋하고 상큼한 시작의 달月이 바로 3월이기 때문이다. 또한 3월은 한 해의 시작을 하는 1월에 이어서 새롭게 출발을 하게 되는 첫 출발, 첫 감정, 첫 다짐, 첫 만남으로 언제나 새로운 '봄의 시작' 을 알리는 톡톡 튀는 계절이기도 하다.

대한민국, 우리나라에도 '평화통일' 로 이어지려는 희망찬 봄소식과 함께 새로운 국운國運이 지하에서 지상으로, 그리고 한반도 전체로 쭉쭉 뻗어 나갔으면 좋겠다.

03 4월, 희망과 역동적의 달

T.S 엘리엇의 『황무지The Waste Land』에서 "4월은 잔인한 달/ 죽은 땅에서 라일락을 키워내고/ 기억과 욕망을 뒤섞고/ 봄비로 잠든 뿌리를 일깨운다/ 차라리 겨울에 우리는 따뜻했다"라고 하였다.

'황무지'는 현대인의 정신적인 황폐와 실의를 다루고 있는 시詩다. 엘리엇은 4월을 땅속에서 새싹이 얼었다 녹은 흙을 뚫고 나와 푸른 잎을 펼치려는 생명력을 반어적인 표현으로 잔인하다고 했다. 시인에게는 그러한 자연에 대한 통찰력과 생명력이 잔인한 아름다움으로 해석되기도 한다.

그 무렵 우리나라는 일제강점기를 벗어나자마자 부정부패 정권에 대항한 4·19혁명으로 젊은 생명이 많이 희생되던 시기였고, 2014년 4월 16일의 세월호 사건은 고철에 갇힌 어린 생명들의 죽음을 그저 바라만 보며 발을 동동 굴려야만 했던 아픈 기억도 고스란히 담겨 있다. 그래서인지 엘리엇이 해석한 4월은 오랜 시간이 지난 지금까지도 우리들의 가슴을 더욱 스산하게 한다.

대자연大自然은 순리와 자연의 이법에 따른다. 때가 되면 새싹을 밀어 올려 꽃을 피우고, 열매를 맺고, 가을이 되면 단풍 옷을 입었다가 스스로 옷을 벗을 줄도 안다. 나무는 겨울 동안 추위와 맞서 알몸으로 견디다가도 4월만 되면 개나리, 목련, 라일락, 벚꽃처럼 서로 뽐내기 자랑이라도 하듯 서로 다투어 꽃을 피워서 아름다운 자연의 향연을 펼친다. 그래서 우리들은 4월이 되면 겨우내 웅크린 마음과 몸을 활짝 펼치고 희망찬 봄을 맞이하고 싶어지는지도 모른다.

2019년 4월 1일에는 '남북평화협력기원 남측예술단 평양공연'으로 '봄이 온다'라는 예술적 공식 제목으로 남북한 합동 공연을 가졌었다. 그동안 북한의 핵 문제로 가장 긴박하고 냉랭했던 남북관계도 평창동계올림픽을 계기로 조금씩 풀리기 시작하고 있어 다행스러웠다. 지난 2월 북한의 삼지연관현악단 현송월 단장이 평창동계올림픽에 와서 공연하고 간 이후 남북정상회담을 앞두고 우리가 평양으로 가서 북한과 함께 합동 공연을 하게 된 것이다.

남한은 여자 아나운서가, 북한은 남자 아나운서가 함께 공동사회를 보기로 해서 평양 공연을 위하여 약 160여 명 이상이 공연하였다. 남과 북이 예술을 통하여 서로의 감성을 자극하게 된다면 분단으로 인해 답답했던 가슴도 잠시나마 서로 터놓고 맘껏 웃을 수 있는 시간이 된 것이다. 물론 아직까지는 언제 돌변할지 모르는 북한의 김정은 정권의 꼼수를 모두 믿을 수는 없지만 양 공연을 희망적이고 긍정적인 마음으로 받아들이지 않을 수 없다.

작은 물꼬가 개울을 이루고, 개울물이 큰 내를 이루어 강물이 되고, 그 강물이 바다로 흘러 들어가 남북이 하나 될 수 있는 통일統一의 물꼬가 열릴 수 있다면 얼마나 좋을까?

삭막하고 메마른 황무지 북녘땅에도 봄꽃이 활짝 피고, 남과 북이 하나 될 수 있는 역동적이고 희망을 꿈꾸는 4월을 그려보면서 통일을 맞이하게 될 그 날을 기대해본다.

다시 찾아온 4월, 설렘 가득한 이 시간에도 슬픔에 잠겨있는 이산가족들의 마음은 아프다. 소중한 사람을 잃어본 사람들의 마음을 어루만져주는 4월이 되었으면 하는 마음이다. 아울러 남북관계 개선을 통해 평화통일로 이어지길 간절히 기원한다.

04 7월 찬가

7월은 뜨겁다. 태양도 민낯이고 싶어서 그토록 뜨겁고 정열적으로 농익은 사랑을 잉태하는 걸까? 논물도 점점 깊어지면서 한낮에는 그렁그렁 끓어 넘친다. 낟알을 매단 벼 포기들이 단단하게 새 살을 여미기 시작하면 고향 떠난 사람들은 잠 못 이루며 별을 헤아린다.

사람과 동식물 모두 다양한 끼가 넘쳐나는 열정적인 달이 바로 7월이다. 한낮에는 산 그림자가 점점 길어지다가 강물 속에 슬그머니 잠기면 강물을 바라보는 사람들 마음까지도 강물 속으로 빠져든다. 숲에서는 나무와 새들과 짐승까지도 발정기가 되어 생명을 잉태하고, 꽃을 피우고, 씨앗을 싹 틔우면서 온갖 생동감으로 넘쳐나고 있다. 그래서 사람들은 7월이 되면 주체할 수 없는 끼로 모험을 하고 여행을 떠나고 싶어 하는 것인지도 모른다.

새로운 사랑을 찾고 싶은 사람들 역시 넘치는 정열을 주체할 수 없어서 바람 따라, 물길 따라 흘러가고 싶어진다. 강물도, 바다도, 폭풍우가 몰아치면 한 번씩 거세게 흔들리고 아프다. 흔들리고 아파야만 물속에서도 새롭게 다시 탄생하는 것들이 많아진다. 또한 비가 쏟아지는 날에는 강과 바다와 하늘이 하나로 이어지게 된다. 이러한 역동적이고 자연발생적인 현상이 없다면 물 위와 물속 바닥이 뒤집힐 일조차 없이 그저 유유히 흘러가야 할 것이다. 이는 얼마나 밋밋하고 재미없는 단조로운 현상일까? 한바탕 소용돌이 속에서 물속의 모든 생물들 역시 또 다른 새로운 환경을 찾아 진화하게 된다.

우리의 인생도 마찬가지다. 살다 보면 예상치 못한 일로 마음도 몸도 몹시 아프고, 죽고 싶을 만큼 힘들다가도 스스로 딛고 일어설 수 있는 무한한 능력을 가졌다. 그 고통을 견디지 못한 사람들은 스스로 생을 포기할 수도 있겠지만, 그것은 자연의 순리와 섭리에 대한 이해력의 부족에서 오는 그릇된 판단이라고 생각한다.

가끔 우리는 살아가면서 무심코 7월을 맞이하면서 '7월이 또 왔네' 하는 마음으로 그저 무덤덤하게 맞이하기도 한다. 그것은 인생을 1년으로 나누어서 생각한다면 아마도 인생 중반을 넘어서서 활기차게 내리막길로 달리기 시작하는 7월! 이제 백세시대에 이르렀으니 인생 나이 오십을 지천명知天命이라고 한다면, 하늘의 뜻을 아는 나이 오십을 상징하는 달이 바로 7월이라 할 수 있다.

가끔 산등성 위에 서 있는 철탑을 바라보라. 철탑도 때론 고독하다. 마치 고대의 웅장한 전사처럼 우뚝 서서 세상을 바라본다. 한낮에는 깜빡깜빡 졸기도 하고 밤이면 반짝거리는 눈빛으로 웅웅댄다. 그래서 누군가는 7월이 되면 고단한 생각을 한번 쯤 내려놓고 쉬어가고 싶어 하는지도 모른다.

7월은 태양도, 지구도, 우주도, 사람도, 모두 마음이 흠씬 달궈진 정열의 계절이다. 이육사 시인은 7월을 청포도가 탐스럽게 익어가는 계절로 비유하여 평화롭고 풍요로운 삶에 대한 소망을 담아냈지만,

나는 7월을 사랑을 잉태하는 계절이라고 말하고 싶다.

아름다운 사랑을 잉태하기 위해서는 욕심을 비우고 자연에 순응할 줄 알아야 한다. 자연에 순응하면서 언제나 '사랑'의 본질을 벗어나지 않도록 서로 보듬고, 이해하고, 배려해 준다면 살아가는 동안에 참으로 후회 없는 삶을 만들게 될 것이다.

05 한밤의 별빛과 만남

어린 시절, 고향 집 마당에서 올려다보던 밤하늘에는 깨알 같은 별들이 총총히 박혀 있었다. 8월의 뜨거운 태양이 잠든 밤이면 마당에 모닥불을 피워놓고 멍석에 누워 밤하늘의 별을 바라보면서 동심을 키웠다. 하지만 그때와는 달리 요즘은 휴대폰으로 음악을 듣고 사람들과 실시간으로 소통하면서 손과 마음이 바쁘다.

사람들은 잠시도 차분하게 생각할 겨를이 없이 달콤한 대중매체의 고삐에 끌려다니느라 밤하늘을 올려다볼 겨를도 없다. 별자리로 미래를 점쳐 보기도 하고, 별자리에서 동경의 대상을 찾고 꿈을 키웠던 우리의 어린 시절과는 달리, 요즘 아이들은 천체망원경으로 별자리를 공부하고 만화영화로 움직이는 동영상으로 신화를 보면서 상상력을 키운다.

별 하나의 추억과 별 하나의 사랑을 노래한 윤동주 시인의 '별 헤는 밤'은 아직도 가슴 에이는 노래이다. 별빛은 고향을 떠난 사람들에게는 아주 먼 곳에서 깜빡이는 막연한 동경의 대상 혹은 또 하나의 자기 자신을 바라보며 노래하게 되는 그리움들이다.

별 하나에 추억과

별 하나에 사랑과

별 하나에 쓸쓸함과

별 하나에 동경과

별 하나에 시와

별 하나에 어머니, 어머니 어머니,

나는 별 하나에 아름다운 말 한 마디씩 불러봅니다

(중략)

나는 무엇인지 그리워서

이 많은 별빛이 내린 언덕 위에

내 이름자를 써보고,

흙으로 덮어 버리었습니다

　어쩌면 일제강점기에 어둠 속에서 빛을 잃은 별 하나가 바로 윤동주 시인이었는지 모른다. 그나마 '별 헤는 밤'과 '서시'를 한여름 밤에 읽어보면서 그 당시 어두운 역사의 간절한 마음이 지금까지도 절절하게 와닿는다. 8월 밤하늘을 바라보는 사람은 누구나 윤동주 시인의 '별 헤는 밤'을 읊조리게 될 것이다.

　우리는 아주 먼 우주에서 보내오는 작은 신호들을 보면서 과학적인 언어보다 비과학적인 언어로 살아있는 생명체를 노래하고 있다. 별빛은 깜빡임으로써 지구인들과 소통하면서 이야기를 나누고 있다. 이승하 시인의 '뼈아픈 별'처럼 나에게도 여전히 뼈아픈 별 하나를 간직하고 있다. 이따금 나도 밤하늘을 올려다보며 그 아픔과 소통을 하고 있다.

열대야로 잠 못 이루고 뒤척이다가 베란다 밖으로 보이는 밤하늘을 올려다보면 도심의 밤하늘은 언제나 어둡고 좁게만 느껴진다. 올들어 유난히 미세먼지가 극성을 부린다. 세계 환경학자들은 물론 국가의 대기 환경 공공기관에서 매일 미세먼지 농도를 측정하고 있으니, 밤하늘에서 한두 개의 별빛만이 가끔 지나가는 자동차 소음과 함께 한여름 밤이 더욱더 삭막하게 느껴지는 것이 당연하다.

취해서 귀가하는 어느 밤이 온다면

집에 당도하기 전에 꼭 한 번

하늘을 보아라

별이 있느냐?

별이 한두 개밖에 없는

도회지의 하늘이건

별이 지천으로 돋아난

여행지의 하늘이건

뼈아픈 별 몇이서

너를 찾고 있을 테니

그 별에게 눈 맞춘 다음에야

벨을 눌러야 한다

잠이 들어야 한다 아들아

천상의 별을 찾는다고 네 발밑에서

지렁이나 개미가 죽게 하지 말기를

통증을 느끼는 것들을 가엾어하지 않는다면

네 목숨의 값어치는 그 미물과 같지

아들아 네 등뒤로 떨어지며 무수히 죽어간

별똥별의 이름은 없어 뼈아픈 별이기에

영원히 반짝이지 않는단다.

〈이승하 시인의 『뼈아픈 별을 찾아서—아들에게 (전문)』〉

시인은 어느 날 밤 마음의 상처를 안고 돌아오며 밤하늘에서 뼈아
픈 별과 조우했다. 그리고 그 아픔을 마치 등 뒤로 떨어져 죽어간 수
많은 별똥별처럼 자신의 아픔을 아들에게 당부하듯 노래하였다. 뼈
가 쑤시고 아플 만큼 아주 강한 통증을 별빛에 호소하고 있다.

어느 시인은 몽골의 초원에는 별빛이 주먹만 하여 달려가면 금방
이라도 손안에 쥘 수 있을 것만 같다고도 표현한다. 하지만 나는 몇
년 전, 원주 치악산 문학 행사에 참가해 산속에서 바라보았던 별빛만
이 아직도 가슴속에서 꿈틀거린다. 얼마나 크고 밝았던지, 나는 그냥
'무공해 별'이라고 불러주고 싶었다.

가슴 설레며 두근거리게 했던 그 별빛을 카메라에 잡으려고 좀
더 가까이 산 능선 쪽으로 걸어가 보아도 제자리였던 '무공해 별',
그 별과의 눈맞춤은 아직도 잊을 수가 없다. 그것은 아마도 십여 년
전 나를 떠나간 아이의 눈망울처럼, 무슨 말인가 울먹이듯 출렁이며
한참 동안 내게로 다가왔기 때문이다.

나도 그 별에 무슨 말인가 대답해 주어야 할 것 같아서 가까이 다
가가려 했지만 별은 제자리에서만 반짝였다. 지울 수 없는 내 안의

트라우마를 그날의 별빛에 담아서 가슴에 새겨두게 된 것이다.

한낮 뜨거운 대지에서 햇곡식들과 과일나무 열매들이 탱글탱글 무르익으면 별빛도 뜨겁게 느껴진다. 8월에는 음력 칠월칠석날 견우와 직녀의 만남이 이뤄진다는 은하수의 오작교에서 만남이 이루어지듯 한 해의 첫 수확과의 만남을 앞두고 있기 때문일 것이다.

8월 밤하늘의 별빛을 바라보고 있으면 나보다 앞서간 이들의 눈빛도 보인다. 시를 쓰다가 마지막 눈빛으로 호소하던 노 시인의 시심도 밤하늘에 박혀있다. 갑자기 희소 암 선고를 받은 간절한 눈빛이 평화롭게 느껴지던 날 돌아가신 아버지의 마지막 눈빛도 저 별처럼 빛났다. 먼 이국땅에서 살고 있는 친구의 카랑카랑한 목소리도 별빛이 되어 박혀있다.

보고 싶고 만나고 싶은 사람들은 모두가 하나같이 별빛이 되어 떠돈다. 내가 만약에 별빛이 되어 우주에 떠돌게 된다면 과연 우리 아이들도 나처럼 저 별을 바라보면서 그리워하기나 할까?

별빛은 그리움이고, 소망이고, 혼자서 맘껏 얘기 나눌 수 있는 밤하늘에 대고 쓰는 글자들이다. 비가 오거나 잔뜩 흐린 날이면 별빛도 숨어버리면서 잠시 모든 것을 놓아준다. 그리움도 쉬어가라고, 그래서 별들은 가끔 어둠 속에서 꼭꼭 숨어버리나 보다. 몸과 마음이 힘든 사람들도 저 별빛들처럼 가끔은 보이지 않는 곳으로 꼭꼭 숨어버리고 싶을 때가 있다.

06 인생 환승역

-고진감래 끝에 얻은 희망의 첫 수확

올여름에도 40도를 웃도는 대지의 열기로 한반도 전체가 너무도 뜨거웠다. '달도 차면은 기우나니라' 던 옛 선조들의 표현이 어쩌면 그리도 적절한 말인지, 말복이 지나고 입추와 처서로 들어서면, 식을 거 같지 않았던 열기도 점점 식어가고 조석으로 서늘한 가을바람이 불면서 계절은 어김없이 우리 곁을 찾아온다.

어느새 9월이다. 사근사근하던 여편네가 싸아한 표정으로 투정 부리듯 저녁이 되면 갑자기 기온이 서늘해지고 마음도 스산해지기 시작한다. 아직도 9월 한낮 햇살은 따갑지만, 누구나 첫 수확의 기대와 설렘으로 다소 마음도 들뜨게 된다.

1년 농사의 첫 수확도 마찬가지겠지만 인생도 마찬가지다. 누구나 꿈을 갖고 열심히 살다 보면 어느새 육십이 되고 칠십을 향한다. 그리고 점점 쪼그라들고 있는 우리 부모의 모습을 보면서 20여 년 후의 내 모습도 그려본다. 한때 나도 부모에겐 첫 수확이었다. 아마도 내가 첫 아이를 낳고 기뻐하던 그 이상의 기쁨이었고 희망이었을 것이다. 그런데 지금 나는 홀로 계신 친정어머니에게 첫 수확의 기쁨을 제대로 전달해 드리고 있는가?

육십갑자 한 바퀴를 돌아서서 내 인생의 뒤안길을 되돌려본다.

2003년, 그때의 9월은 이미 내 인생에서 이상기류가 조금씩 흐르기 시작했다. 이유를 모르는 불안한 예감으로 다가오는 가을을 막지 못하고, 그저 여느 때와 별 다를 바 없는 일상이거니 하고 방임했다. 그런데 어처구니없는 일로 고2 짜리 첫아들이 세상을 떠나고 나서 세상살이 무섭고 두려운 게 하나도 없어졌다.

내 인생의 첫 수확은 그렇게 실패로 끝나고 말았다. 그리고 다시 도전하여 열심히 봉사하는 삶 속에서 글을 써가면서 나머지 인생의 아름다운 수확을 위해 달려갔다. 첫 아이를 보내고 나서 약 15년을 미친 듯이 앞만 보면서 달려왔다. 매일 봉사로 거의 일상을 보내고 나머지 시간에는 열심히 시를 쓰고 책을 읽으면서 꿈을 위해 도전하고 있다.

그러나 이제는 마음보다 앞서가는 몸이 영 따라주지 않는다. 2년 전에 갑자기 두 다리 모두 '무혈성 고관절 괴사' 라는 진단을 받고 얼마나 황당하고 억울한지 혼자서 많이 울고불고하면서 좌절감에 고통스러웠다. 당장 인생이 모두 무너져 내릴 거 같이 아프고 통증이 심하여 마약 진통제를 먹어가면서 주어진 일을 하기 위해 매일 밖으로 다녔다. 절룩거리는 걸음걸이를 보고 모두들 한 마디씩 걱정인지 염려인지 혹은 비웃음일지도 모를 위로를 받아가면서 구區에서 해마다 하는 연중행사인 김장김치 2천 포기를 담아서 어려운 이웃에게 나눠주고, 온갖 행사를 훌륭히 해냈다.

"모든 것을 내려놓고 집에서 가만히 쉬면서 병원에 다녀야 한다" 라고 모두가 이구동성으로 말했다. 그런데 지금 내가 하고 있는 일들이 한두 가지 아닌데, 이 모든 걸 포기하고 건강만을 생각하려 하니,

그동안 열심히 봉사에 전념해 온 지난 시간들이 억울하고 분하다는 생각이 자꾸만 들어서 도무지 받아들일 수가 없었다. 하지만 이대로 주저앉을 수는 더욱 없었다. 차라리 고꾸라져 못 일어나 응급실로 실려 가는 한이 있더라도 20년째 봉사해 온 새마을부녀회에서 현재 강동구 새마을부녀회장 임기를 잘 마쳐야 한다는 각오로 포기하지 않았다. 그리고 다시 재임 3년을 더 하기로 마음먹었다.

연말연시 무척 바쁜 일정이 어느새 마무리 돼가고 조금 쉬어가면서 일을 하다 보니 통증도 차차 완화되었고, 병원에서는 당장 수술하지 않고 진통제로 버텨가면서 좀 더 지켜본 후에 수술하라고 했다. 그 후 어느새 2년이 돼가고 있으니 그동안 포기하지 않은 것이 얼마나 다행스러운 일인가?

하지만 아직도 다리는 많이 불편하고 계단을 오르내리기가 쉽지 않아서 조심스럽게 걷는다. 걸음이 불편하다 보니 남들에게도 불편함을 준다. 내 다리가 아파서야 장애인들의 불편함을 이해하게 되었다. 이렇게 나에게 또다시 두 번째 시련이 와 있다. 이 시련을 잘 극복해야만 제2의 인생을 잘 펼쳐갈 수 있을 것이다.

9월은 무엇이든 스스로 해내려고 하는 사람들에게는 큰 수확을 얻을 수 있는 때이고, 포기하려고 하는 사람들에게는 희망보다는 좌절감으로 시름시름 마음의 병이 깊어갈 수도 있는 때이다. 한때 시름시름 앓던 9월을 이제는 새롭게 탄생하는 9월로 엮어가려고 정말 하루하루를 헛되이 보내지 않고 열심히 살았다. 더 나이 들기 전에, 눈이 침침해서 더 이상 책을 볼 수 없기 전에, 지팡이 짚지 않고 걸을 수 있을 때, 누군가에게 조금이나마 도움을 줄 수 있을 때, 나를 필요로

하는 사람들이 나에게 손을 내밀 때, 언제든 비싼 밥 아니더라도 맛있는 칼국수 한 그릇 사주면서 정답게 웃을 수 있을 때…, 그때가 지금이다.

지금은 얼마나 행복한가? 이 모든 것들을 내가 기꺼이 나서서 할 수 있다는 것과 나와 함께할 수 있는 사람들이 주변에 많다는 것에 정말로 감사하는 마음이다. 아파도 걸을 수 있고 비록 넉넉지 못해도 밥 한 끼 사줄 수 있고, 나보다 더 힘든 사람들을 찾아가 도움을 나누어줄 수 있다는 것이 그야말로 나에겐 커다란 축복이다.

인생을 1년으로 나누어 본다면, 9월은 환승역이나 마찬가지다. 지금까지 뜨겁게 살아온 인생, 한여름 뙤약볕 아래서 열심히 일하여 거둬들일 첫 수확의 기쁨을 누군가와 함께 나눌 수 있다는 것, 즉 나도 행복해지고 남에게도 베풀 수 있는 도반의 계절을 맞이하기 위해 환승역에서 티켓 한 장 받아들고 나머지 10월, 11월, 12월을 향해 기꺼이 달려갈 수 있는 활력이 넘치는 달이 아닌가?

9월에게, 편지를 써 본다.

9월아, 지난여름 뜨겁게 달아올라 지치고 버거운 마음 모두 내려놓고, 이제 '9월'이라는 환승 티켓 한 장 들고 달려가련다. 서두르지도 말고 여유롭게 이웃과 함께 손잡고 달려갈 수 있는 종착역 그 어딘가에다 환호성을 힘껏 부려놓을 수 있도록 하자.

사랑하며 살기도 부족한 시간, 이제 섭섭함도 미안함도 다 용서하면서 코스모스 활짝 핀 길가를 향해 손 흔들며 천천히 걸어가 보자.

07 가을, 마음의 빗장 열기

　가을을 생각하면 가장 먼저 떠오르는 단어가 '추억' 이다. 그것도 풋풋한 추억이 아니라 아주 오래된 흑백 필름에 담겨진 빛바랜 추억이다. 누구나 간직하고 있는 기억 속에는 꼭꼭 숨겨진 사랑, 가슴 저린 이별, 혹은 감추고 싶은 소중한 이야기들이 오래된 가을처럼 자리해 있다. 그 주인공이 나였다가, 혹은 너였다가, 그 누구라도 좋다. 그저 아름다운 기억을 떠올릴 수 있다면 새롭게 맞는 이 가을이 훗날 지워지지 않을 또 다른 추억으로 머물러 있다가 현재의 모습을 또렷하게 환기시켜 주지 않는가.

돌아오지 않기 위해 혼자
떠나 본 적이 있는가
새벽 강에 나가 홀로
울어 본 적이 있는가
늦은 것이 있다고
후회해 본 적이 있는가
한 잎 낙엽같이
버림받은 기분에 젖은 적이 있는가

바람 속에 오래

서 있어 본 적이 있는가

한 사람을 나보다

더 사랑한 적이 있는가

증오보다 사랑이

조금 더 아프다고 말한 적이 있는가

그런 날이 있는가

가을은 눈으로 보지 않고

마음으로 보는 것

보라

추억을 통해 우리는 지나간다

〈천양희 시인의 '오래된 가을' 전문〉

천양희 시인의 '오래된 가을'을 펼쳐 들면 정작 우리가 마음으로 보아야 하는 것이 무엇인지를 말해 주고 있다. 눈으로 보는 가을이 그저 전형적인 가을의 모습이라면, 마음으로 보는 가을은 인생의 깊이를 성찰하면서 자신을 새롭게 돌아보게 하는 계절이 아닌가 싶다.

1년을 인생의 전체로 본다면, 10월은 일생의 수확을 거둬들이고 노년의 생을 순조롭게 맞이할 수 있도록 준비해야 하는 시기라고 할 수 있다. 지구의 자전 속도를 우리는 아침에 해가 뜨고 저녁에 해가 지는 밤과 낮의 길이로만 느끼게 되지만, 실제 속도는 시속 1,669km로 무척 빨리 돌고 있다. 그렇듯이 우리의 인생도 참으로 빨리 지나왔고 남은 생의 시간이 그리 길지 않다는 것을 실감하게 된다.

가을만 되면 왜 사람들은 단풍 구경을 떠나고 도로마다 차량으로 가득 차 있고, 전국의 명산마다 등산객들로 만원일까? 그것은 인생의 멋을 가을에서 찾는 건지도 모른다. 젊어서는 정신없이 앞만 보며 열심히 달려온 시간들이지만 중년이 되면 조금은 마음도 몸도 여유를 갖고 인생을 즐기기 위함인 듯하다. 사람과 빌딩의 숲에서 벗어나 잠시 산을 찾아가면 산에 역시 사람 숲으로 울긋불긋하다.

우리 민족의 정서가 예로부터 "노세, 노세, 젊어서 놀아 늙어지면 못 노나니"라고 조상들이 즐겨 부르던 노래처럼 늙으면 몸이 잘 따라주지 못해 마음으로만 젊었던 추억들을 회상할 수밖에 없다. 그래서 조금이라도 젊었을 때 쉼 없이 산을 찾고 강을 찾으면서 숱한 추억들을 만들고 있는 것이다.

10월도 어느새 중순을 지나고 있다. 해 그림자도 점점 짧아져 가고 겨울을 재촉하는 듯 하루하루 기온이 달라진다. 그래서인지 한 해 동안 계획했던 것들을 빨리 완성해야 한다는 생각에 마음도 덩달아 조급해진다. '조급할수록 천천히 가라'는 말처럼 아무리 바빠도 자신의 지난 시간을 되돌아보는 시간을 가져야겠다.

올가을에는 오래된 스티커 앨범 속에 붙어있는 흑백사진들을 들춰보면서 지금까지 살아온 내 삶 안에 가장 후회하고 아쉬운 것이 무엇인가를, 남은 생을 위해 어떤 모습으로 가을을 그려 가야 할지를 생각하면서 감사하는 마음으로 새롭게 맞이해야겠다.

아니면 "가을엔 편지를 쓰겠어요. 누구라도 그대가 되어 받아 주세요."라는 노랫말처럼 서랍 속에 들어 있는 오래된 만년필에 잉크를 넣고 예쁜 꽃 편지지를 사다가 손편지라도 써서 누군가에게 보내고 싶다. 곱게 물든 단풍잎도 모아서 책갈피에 꽂아두고, 긴 겨울밤 촛불을 켜고 7080 노래를 들어가며 쓰던 편지처럼 함께 바래져가고 있는 남편에게 연서戀書라도 한 장 보내주어 연애 시절 풋풋하고 설레던 사랑의 빛을 되살리고 싶다.

08 11월, 키 작은 봄

    인디언들은 계절 변화에 아주 민감했다. 계절의 순환과 이법에 따라 사람의 마음 상태를 빗대어 1월에서 12월까지 달month의 이름을 지었다고 한다. 아라파호족은 11월을 '모두 다 사라진 것은 아닌 달'이라 불렀고, 정희성 시인도 '11월은 모든 것이 사라지지 않는 달'이라고 시를 통해 인생 늦가을의 정취를 노래했다.

11월은 모두 다 사라진 것은 아닌 달

빛 고운 사랑의 추억이 남아 있네

그대와 함께 한 빛났던 순간

지금은 어디에 머물렀을까

어느덧 혼자 있을 준비를 하는

시간은 저만치 우두커니 서 있네

그대와 함께 한 빛났던 순간

가슴에 아련히 되살아나는

11월은 모두 다 사라진 것은 아닌 달

빛 고운 사랑의 추억이 나부끼네

〈정희성 시인의 '11월은 모두 다 사라지지 않는 달' 전문〉

인생의 겨울이 되면 누구나 곧 혼자 우두커니 서 있을 준비를 해야 하지만, 11월은 빛 고운 사랑의 추억을 그리면서 인생의 새로운 희망을 갖자는 거다. 1월에서 10월까지 봄, 여름, 가을을 보내고 다시 겨울로 들어서기 직전에 시작하는 간이역 같은 11월, 옛 선인들이 11월을 소춘小春 즉 가을과 겨울 사이에 잠시 머물렀다 가는 키 작은 봄이라고도 불렀다. 봄에는 온갖 꽃들이 지난겨울 동안 추위 속에서 오래 머물렀다가 새로운 희망을 품고 피지만, 가을은 마지막 이승을 떠나기 전 인생이라는 꽃을 단풍으로 활짝 피울 수 있는 색다른 봄이 아닐까 싶다.

늦가을이자 초겨울로 접어드는 11월은 숫자 '1'이 나란히 서 있는 것으로서 무엇을 상징하는 것일까. 어쩌면 인생을 12개월로 나누었을 때, 늦가을인 11월에는 그동안 이루지 못한 무언가를 반듯하게 다시 세워놓을 수 있는 남은 인생을 향한 마지막 도전을 의미하는 지도 모르겠다.

늦가을 단풍이 떨어지기 시작하면 누구나 지난 한 해의 시간을 돌아보며 회한에 잠기곤 한다. 정희성 시인의 '빛 고운 사랑의 추억'도 떠올려보기에 딱 좋은 계절이다. 이 순간 11월의 달력과 물든 잎새들은 저만치 멀어지고 있지만, 우리들 가슴에 피어나는 아름다운 추억은 영원하다. 자, 가을이 멀어지기 전에 창문을 열고 붉게 물들어 떨어지고 있는 낙엽들의 신음을 들어도 좋겠다. 아니면 조용히 혼자만추의 풍경을 바라보며 여행을 떠나도 좋다.

구순 노인들이 칠순 노인들을 보고 "젊은이들, 참 좋을 때다, 좋을 때야"라고 말하는 것처럼 12월을 앞에 둔 11월은 그래도 아직은 희망이 살아있는 달이 아닐까? 12월이 되면 한 해를 마무리한다고 여기저기서 자칭 평가대회나 송년회로 얼룩진 시간으로 채우면서 정신없이 바쁘게 마지막 달을 보내게 된다. 그나마 11월엔 빈 들판의 한적한 풍경처럼 한가로운 달이다.

희망이 아직도 살아있는 11월을 '키 작은 봄'이라고 하고 싶은 이유가 바로 여기에 있다. 11월은 인생의 노년기를 맞이하기 전에 잠시 황혼을 맞이하기 전에 머물렀다가는 봄이기에 조상들은 소춘이라고 하지 않았을까?

아직은 내 인생의 11월은 아니지만 팔순을 넘기신 어머니를 보면서 소춘을 떠올린다. 아버지는 이미 11년 전에 저세상 사람이 되셨다. 스물한 살에 결혼을 하고 어머니가 나를 임신하자마자 논산훈련소에 입대하셨다. 어머니는 가난한 살림에 사랑방에서 나를 낳고, 서모인 할머니와 고모 넷, 그리고 큰어머니와 사촌 형제들 오 남매라는 대가족 속에서 몹시 고된 시집살이를 하면서 3년 동안 아버지를 기다리셨다. 그러면서 그 당시 스물세 살의 청년인 아버지가 훈련복을 입고 찍었던 흑백사진 한 장을 얼마나 애지중지 바라보면서 기다리셨을까?

여든둘 생신이신 엊그제 자식들 오 남매에게 그때 그 흑백사진을 확대해서 나눠주셨다. 빛바랜 흑백 사진 속에는 우리에겐 아주 생소하면서도 젊었던 청년 시절의 잘생긴 아버지가 군복을 입고 서 있다. 신혼의 부모님 모습을 떠올려 보면 마치 다시 봄을 보는 듯하다. 주름진 어머니가 이제 황혼으로 기울어져 가는 자신을 읽으면서 그때를 그리워하고 계시는 거 역시 다시 봄인 소춘小春이 아닐까?

점점 사그라져가는 어머니를 보면서 작은 봄을 떠올리는 나 역시 스무 해를 더 보내고 나면 어머니와 마찬가지로 지금을 내 삶을 그리워하면서 11월의 작은 봄을 읽게 될 것이다.

11월에는 수확을 마친 들판의 휑한 모습처럼 우리 마음도 잠시 비워두면 좋겠다. 너무 정신없이 바삐 살고 있다가도 가끔 이렇게 앉아서 글을 쓸 수 있는 시간 역시 나에게는 아주 짧게 스쳐 가는 봄이 아닐까 한다.

사실 나의 11월은 봉사활동의 마무리 시간으로 무척이나 바쁘고 힘든 시간이다. 김장 봉사만 해도 적어도 네 군데는 다녀야 하고 1년 행사계획에서 못 다한 것들을 다 마무리해야 하기 때문에 마음을 비울 시간조차 없이 보내곤 한다. 하지만 이제부터라도 키 작은 봄처럼 11월에는 내 모습을 뒤돌아보면서 진정한 나를 찾고 싶다.

남편은 누구 편?

요즘 들어서 '인생의 속도'가 나이 수만큼 빨라진다는 말을 더욱 더 실감하게 된다. 얼마 전 연구 결과를 통해 이런 '인생의 속도'에 대한 과학적 이유가 추가되었다는 발표도 나왔다. 즉 '물리적 시계 시간clock time'과 마음으로 느끼는 '마음 시간mind time'이 같지 않기 때문이라 한다. 그렇다면 지금 나는 시속 62킬로미터로 달리고 있는 게 아닌가? 하루 24시간이 금세 지나는 거처럼 일주일, 한 달, 일 년…, 그리고 결혼 후 삼십육 년째 아직까지 바쁘게 일하고 있는 남편을 바라보면서 천만다행이라 생각한다.

부부夫婦는 전생에 서로 원수였기에 평생 서로 사랑하면서 살라고 맺어준 인연因緣이라는 말이 있다. 삼신할미가 맺어준 부부의 연緣은 우연도 억지도 아닌, 서로 보이지 않는 끈으로 이어져 가정을 이루고 가족으로 한평생을 함께 살게 되는 건 아닌지. 주변을 돌아보면 남녀 가 부부로 만나 서로 사랑하며 살아가는 모습이 거의 비슷한 것 같으면서도 환경에 따라 전혀 다르다.

서른여섯 해 결혼생활을 한마디로 말한다면. 한 편의 우여곡절 많은 '장편소설'을 쓰는 중이라 할 수 있다. 갈등과 위기를 지나 이제 결말을 앞두고 있지만 아름다운 결말을 생각하기엔 뭔가 씁쓸한 아쉬움 때문에 지나온 글을 거듭 읽어보고 지웠다 썼다를 반복하고 있다. 다시 새롭게 잘 써보고 싶어 머뭇거려도 수정이 안 되는 미완성으로 남게 될 장편소설 같은 거다.

결혼은 비교적 남들보다 쉽게 시작하였고, 아이를 낳아 기르면서 평탄하게 살다가 첫 아이를 먼저 떠나보내면서부터 거센 파도를 만나 출렁이는 해일처럼 부부관계도 흔들리기 시작하였다. 그리고 그 이후로 보이지 않는 벽에 가려져 서로가 말을 아껴야 했다. 워낙 꼼꼼한 원리원칙대로 살아가는 남편에 비해 나는 활동적이고 무엇이든 열정적으로 살려고 하는 성격 때문에 중년에 접어들면서 우리의 갈등은 점점 깊어질 수밖에 없었다.

부부로 만나 살면서 가장 중요한 것이 바로 상대방의 입장에 서서 생각해주고, 바라보고, 이해해 주려고 하는 배려심이다. 나보다 상대를 먼저 생각해 준다면 그 어떤 잘못이나 실수도 밉지 않을 텐데, 서로가 그러질 못하고 살아왔다. 그래서 속으론 안타까운 마음이 드는데도 표현하지 못하고 엇나가는 말투가 먼저 튀어나온다.

여행 중에 나는 혼자 앉아서 버스 차창 밖을 바라보며 상념에 잠기는 것을 좋아한다. 한번은 봄비가 내리는 창밖을 바라보면서 노래방 모니터에서 나오는 조항조의 노래를 듣다가 그만 눈물이 하염없이 흘러내렸다. 조항조 노래 중에서 '남자라는 이유'는 아주 오래된 남자들의 애창곡이다. 남자로 태어나서 제대로 소리 내어 울지 못하고 눈물을 삼키며 살아가는 남자의 심정을 잘 표현한 가사에서 나는 지금의 남편을 보곤 한다.

얼마나 가슴이 아팠을까, 얼마나 가슴이 찢어지고 미어졌을까, 한 번도 소리 내어 울어본 적 없는 그 가슴에 새카맣게 멍이 들어있음을 누구보다도 잘 아는 내가 한 번도 그의 가슴을 어루만져 준 적이 없었다. 미안하고 죄스러워서 눈물이 하염없이 볼을 타고 내렸다. 자식을 가슴에 묻고도 나처럼 글로 토해내지도 못하고 아무에게도 털어놓지 못한 채 살아왔다. 그래서 더 측은해 보인다. 축 처진 어깨와 점점 늘어가는 주름살, 얼마 남지 않은 흰 머리카락을 보면 마치 전쟁터에 돌아온 영웅 같기도 하고, 때론 노력하고 열심히 산 것에 비하면 크게 내세울 것이 별로 없는 패잔병 같기도 하다. 더군다나 아침마다 바짝 긴장하면서 혈압을 측정하는 모습을 보면 돌아가신 아버지의 모습을 보는 거 같아서 더 서글퍼진다.

너무 반듯하고 고지식하여 융통성이라고는 전혀 없는 골동품 같은 남자, 지극히 교과서처럼 삶을 산다고 해서 남들이 '바른생활 사나이' 라는 별명을 붙여주기도 했다. 그런 그를 지켜보는 사람들이 가끔은 너무 정확하고 꼼꼼해서 어찌 사느냐고 오히려 나를 염려해 줄 만큼 아집도, 고집도 센 사람이다.

반면에 나는 바가지조차 긁어보지 못하고 혼자서 삭혀야 할 때가 많았다. 아마도 남편 입장에서 나를 보면 마찬가지일 거다. 남편은 아내에게 남자친구이면서 아버지이기도 한, 함께 가정을 이루어 아이를 낳고 동고동락하면서 연인이기보다 가족이라는 개념이 더 큰 사람이다.

연애 시절처럼 서로 하나만을 바라보고 사랑하면서 상대방의 입장을 생각한다면 그 어떤 갈등도 금방 소화해 갈 수 있을 텐데 현실은 그러질 못했다. 이제 사랑하며 살기에도 부족한 시간에 아웅다웅 다투면서 미워하고 원망하며 살다가 언젠가 죽음이 서로를 갈라놓게 된다면 얼마나 후회스러울까? 그런 것을 이미 깨닫고 지나온 삶을 후회하면서도 정작 살갑게 다가가지 못하고 안일하게 대한다.

그렇다면 과연 남편은 내 편일까, 아니면 남의 편일까? 때론 너무 가깝다는 이유로 내 편이 되어주기보다 남의 편인 것처럼 보일 때가 있다. 거짓말이라도 좋으니 제발 한번만이라도 내가 원하는 대답을 듣고 싶다 하면 절대로 거짓말은 해서는 안 된다면서 끝끝내 남의 편을 들어주는 사람이다. 때문에 밉다가도 측은하고, 고맙다가도 미안하고, 행여 이러다 언젠가 이별하게 될지도 모르니 더욱더 아끼고 사랑하며 살아야 한다고 생각하다가도 서운함이 더 크게 앞서곤 한다.

남편의 이름에는 너그러울 '관寬' 자가 들어있다. 어쩌면 이름처럼 나에겐 아주 너그럽고 배려심 깊은 사람일지도 모른다. 지난날을 돌이켜보면 남편의 마음을 제대로 읽지 못하고 미워하면서 원망한 적이 많았다. 마치 오독誤讀을 하고서 내 탓이 아닌 남편 탓이라고 원망하며 미워하기도 했다.

과연 남편은 지금 내게 어떤 존재인가? 아니, 남편에게 나는 어떤 존재일까? 혹은 누군가가 나에게 남편을 어떻게 생각하느냐고 물어온다면 나는 과연 뭐라고 대답해야 할까?

우리는 친구로 지내다가 뜻하지 않은 인연으로 맺어져 짧은 시간에 부부가 되었지만, 해외 근무로 2년간 떨어져 지내면서 간절하게 그리워하며 사랑을 싹틔웠다. 가끔은 매일 편지를 써서 사우디아라비아 그 먼 사막의 나라에다 사랑을 쌓아갔던 그때가 그립다. 지금도 그때 오간 편지들을 들여다보면서 시간이 왜 그리 빨리 지났나 하는 아쉬움이 크다.

김종환의 '백년의 약속'이라는 노래에서, '백년도 우린 살지 못하고 언젠간 헤어지지만, 세상이 끝나도 후회 없도록 널 위해 살고 싶다.'라는 구절처럼 살고 싶다. 다시 태어나 지금의 남편을 선택할 수만 있다면 죽어도 후회하지 않을 만큼 좀 더 성숙한 사랑을 하고 싶다는 아이러니한 사랑을 아직도 꿈꾼다.

10 노년기에 피는 꽃이 가장 아름답다

-인생이라는 장편소설, 잘 써서 마무리해야

'인생人生'을 한마디로 표현한다면 한 권의 '장편소설'이라 할 수 있다. 따라서 우리 모두가 장편소설 속의 주인공인 것이다.

인간은 난자와 정자가 수정되는 순간부터 사람으로 탄생하여 죽음에 이르기까지 인생이라는 긴 여행을 하면서 각자 다른 모습과 다른 내용의 스토리를 열심히 써가는 것이다. 그 때문에 우리는 각기 다른 내용의 장편소설 속에 등장하는 주인공이 되어, 죽어서도 후회하지 않을 성실한 작가로 열심히 아름다운 이야기를 엮어가야 한다.

대부분 사람들은 자기가 추구하고 있는 그 무언가를 성공하기 위해 최선을 다해 인생의 아름다운 이야기꽃을 피우고 싶어한다. 물론 책의 내용이야 쓰는 사람의 성별에 따라 다르고, 길고 짧음 역시 주어진 운명 안에서 각기 다를 것이다. 어떤 사람은 쓰다가 지우면서 고쳐도 쓰고, 나름대로 아름다운 삶을 열심히 써 가려 할 것이다. 또 어떤 사람은 죽어라 열심히 노력을 하며 써 봐도 제대로 쓰질 못해 방황만 하다가 도중에 포기하거나 남의 이야기를 훔쳐 읽고 표절을 하기도 할 것이다. 따라서 성공한 삶도 실패한 삶도 모두 우리에겐 인생이다.

가끔 복지관에서 중식 봉사를 하다 보면 한때 아주 잘 나가던 어르신들이 점심 한 끼를 드시기 위해 줄을 서는 모습을 보고 다양한 생각들이 스치곤 한다. 어떤 할아버지는 기다리는 동안에도 영문으로 된 성경책을 열심히 읽고 계시고, 어떤 할머니는 바이올린 악기를 어깨에 메고 들어오시면서 나름대로 곱게 화장을 하고 멋을 부렸지만 구부정한 허리와 몸은 나이 듦 앞에서는 어쩔 수 없이 어정쩡하다. 지팡이를 짚거나 유모차를 밀고 들어오면서 기웃기웃, 같은 성性을 가진 사람들이 모인 자리를 찾아 불안한 걸음걸이로 입장하신다. 영락없이 모두가 전형적인 노인의 걸음걸인데도 왠지 모르게 아름답게 보인다.

인생이라는 긴 여정을 여기까지 걸어오면서 마지막 노년의 꽃을 이곳 복지관에서 아름답게 피우고 계시는구나 하는 생각을 하게 된다. 그러면서도 한편으로는 머잖은 내 모습이 연상되어 우울하기도 하다. 늙어가는 것이야 자연스러운 현상이지만, 왠지 모르게 늙고 병들어 힘이 없고 나약해져 쓸쓸해 보이는 노년기는 너무도 외로울 거 같아 서글프다.

한때는 저 어르신들 한 분 한 분 모두가 의기양양하고 당당하게 잘 나가던 소설 속 주인공으로 활짝 핀 꽃이었으며 별star이었을 것이다. 반짝거리는 아이디어로 젊음을 과시하면서 청춘을 불태웠던 멋진 남자였을 것이며, 자식과 남편을 위해 헌신하며 자기를 모두 내어주던 가장 따스하고 아름다운 향기를 지닌 꽃이었을 것이다. 그러나 세월 앞에서 이길 장사는 누구도 없다. 그나마 복지관에서 뭔가를 배우고 운동도 하고, 사교춤을 추거나 악기도 배우고, 육체적·정신적으로 힐링을 하면서 서로 소통하고, 건강한 노년을 보낼 수 있는 것이 얼마나 다행인가?

매일 눈 뜨면 갈 곳이 있어 곱게 화장도 하고, 벗어진 머리에 모자도 쓰고, 거울 앞에서 나름대로 멋을 부리면서 비슷한 사람들 속으로 들어갈 곳이 있어 심심하지 않을 것이다. 하지만 건강이 따라주지 않고 경제적인 여유가 없다면 복지관에 나와서 다양한 혜택을 받는 거조차 꿈도 못 꿀 것이다. 이 모든 것들 하나하나가 남은 인생에 얼마나 소중한 것들인가를 어르신들 모습에서 읽는다.

어느새 환갑을 지나서 4년 후에는 '65세 이상 노인'의 부류에 속해 있다고 생각하면 갑자기 초조해지고 뭔가 해야 할 일들이 많은데 어떻게 '노인'이라는 이름으로 살아가야 할는지 막막한 생각도 든다. 그나마 20여 년간 봉사활동을 열심히 하면서 지역사회에서는 공인으로 알려져 있고, 문학인들 속에 포함되어 글을 쓰고 여기저기 발표도 하면서 지면으로 만나는 독자들과의 즐거운 시간이 노후에도 기다려주지 않을까 하는 생각을 하면 미흡하나마 위안이 된다.

지금은 백세시대百世時代이다. 의학의 발달로 인간 수명은 점점 길어지고 앞으로는 백세 이상 수명 연장이 가능하게 됐다. 우리의 조상들은 환갑 나이인 만 60세까지 살기도 참 힘든 짧은 수명이었다. 그래서 인생의 큰 의미를 담아 환갑잔치를 하였었다. 그러나 요즘에는 인생은 육십부터라고 한다. 육십쯤 되면 자녀들을 대부분 출가시킨 후 여러 가지로 좀 한가해질 수 있는 나이이다. 그래서 육십은 '인생의 청춘'이라는 말로 표현하고 싶은 것이다.

인생은 매 순간순간마다 소중하지 않은 것이 하나도 없다. 영아기와 유아기를 거쳐 청소년기, 성년기, 중년기, 노년기의 백수까지 하루하루가 한 장 한 장의 소설책 줄거리 속 이야기이다. 이 모든 과정에서 가장 활짝 핀 아름다운 꽃이 바로 '노년기老年期'라고 하고 싶다. 살아오면서 겪은 모든 희로애락을 통하여 그 어떤 잘못도 너그러이 용서해 주고 사소한 실수도 웃으면서 묵묵히 바라보고 포용해주는 성자聖子처럼, 따스한 미소를 지닐 수 있는 여유로움을 가졌으면 좋겠다.

홋날 누가 읽어봐도 아름답고 감명 깊은 장편소설 속의 주인공으로서 한 권의 책 속에 남는다면 그 얼마나 아름다운 인생인가.

11 자원봉사자들에게 찬사를

새해를 맞이하면서 사람들은 새로운 각오와 기대감으로 시작한다. 정치적, 사회적으로 어수선한 나라 경제로 인하여 누구나 어려운 요즘, 부자가 되고 싶은 열망을 가장 먼저 떠올리게 되는 건 어쩔 수 없는 현실이다. 따라서 지금 서민경제의 어려움을 정부에서는 어떻게 극복해 갈지 의문이다.

눈을 뜨면 터져오는 각종 사건 사고와 비리들로 정치, 사회면이 어둡다. 갈수록 경제양극화 현상으로 빈부격차가 심해지고 있는데 정치인들은 국민의 고통을 먼저 생각하기보다 자기들의 실리를 추구하면서 밥그릇 싸움으로 소란스럽기만 하다. 경제가 어려울수록 사회에 봉사하려는 사람들도 점점 줄어들 수밖에 없는 점이 참으로 안타깝다.

지난 20여 년 전부터 지금까지 새마을에서 봉사를 일상으로 하고 있다. 거의 매일 구석구석 어려운 이웃들을 자주 접하게 되고, 정치인들과 기업인들 그리고 관내 기관에서 다양한 업무에 종사하는 사람들을 만난다.

무보수로 눈만 뜨면 봉사 현장으로 나다니면서 그들의 다양한 희로애락을 보고, 듣고, 느끼곤 한다. 자기 위치에서 각자 참으로 열심히 일하고 업무에 충실한 공무원들을 보기도 하고, 직장에서 각자 자기 위치에서 열심히 일하면서 집안에서는 가장家長의 모습을 꿋꿋이 지켜내는 남자들의 모습도 본다. 또한 어머니로서, 주부로서, 아내로서, 직장생활을 하는 여성들의 아름다운 모습도 보게 된다. 이런 다양한 만남이 어쩌면 글을 쓰는 나에게는 현장의 목소리를 직접 글로 담을 수 있는 가장 좋은 기회인지도 모른다.

대부분 젊어서 부지런히 일하고 노후에 봉사하면서 살겠다는 작은 소망 하나쯤은 갖고 있을 것이다. 하지만 봉사하는 데 있어서 때와 장소가 우리를 기다려주지는 않는다. 더불어 사는 사회에서 나보다 약하고 누군가 도움이 필요한 사람들에게 미약한 힘이나마 큰 희망을 불어넣어 줄 수 있다면 그보다 더 큰 보람된 삶은 없으리라.

다행스럽게도 대한민국은 참으로 온정이 넘치는 따스하고 살기 좋은 나라라는 자긍심도 갖는다. 결코 보수를 받고 일하는 것도 아니면서 온몸으로 땀 흘리며 열심히 일하는 봉사자들의 모습이야말로 그 무엇으로도 보상받을 수 없는 아름답고 훌륭한 모습이기 때문이다.

자원봉사자란, 자발적으로 대가를 바라지 않고 꾸준히 봉사하는 사람들을 말한다. 우리 지역만 해도 자원봉사자 수가 날로 늘어나고 있다. 1년 내내 끊임없이 봉사를 주기적으로 해가면서 봉사 시간 1만 시간을 채우는 사람도 보았다. 그들의 표정을 보면 참으로 편안하고 따스하다.

주로 은퇴 후에 봉사하는 사람이 많지만 삼사십 대 젊은 시절부터 꾸준히 봉사활동에 전념하는 사람들도 많다. 또한, 기업에서는 1년에 한두 번은 직원들이 현장에 가서 봉사활동을 하기도 한다. 나 역시 사십 대 초반에 아파트 부녀회원으로 일하다가 동 주민센터에 있는 새마을부녀회원으로 가입하게 되면서 21년째 봉사생활에 전념하고 있다.

70년대 새마을운동이 시작되면서부터 꾸준히 이어온 새마을운동은 전국 방방곡곡에서 꾸준히 그 물결을 이어오고 있으며, 지금은 글로벌 시대로 전 세계에서 우리의 새마을운동을 배우기 위해 지도자들이 몰려오고 있다. 그리고 문재인 대통령께서도 새마을운동을 적극적으로 관심을 가져주고 계시니 더할 나위 없이 어려운 여건에서도 힘이 난다.

서울시 강동구 새마을부녀회에서는 어려운 어르신들에게 매달 약 600여 명 중식을 제공해 드렸고, '밑반찬 만들어 드리기', '김장김치 직접 담가서 지역에 나눠 드리기'와 추석과 설 명절마다 송편과 떡국 떡 등을 나눠 드리고 있다. 그리고 요즘 저출산 문제로 인구 감소가 심각한 우리나라의 심각성을 2년 전에 미리 깨닫고 '희출봉 봉사대 발대식' 즉 '희망둥이 출산봉사대 발대식'을 천호공원에서 약 1천여 명의 지역 주민들과 함께 가진 후 꾸준히 출산장려운동을 벌이고 있다.

그 밖에도 '아나바다' 운동으로 아껴 쓰고, 나눠 쓰고, 바꿔 쓰고, 다시 쓰자며 매년 몇 차례 헌 옷을 모으고 있다. 그리고 비닐봉지 사용을 줄이기 위해 장바구니 사용 캠페인과 각종 음식물쓰레기 줄이기 운동 등 헤아릴 수 없이 많은 일을 꾸준히 하고 있다.

봉사란 결코 남이 시켜서도 아니고 대가를 바라고 하는 것이 아니기에 때로는 힘들고 어렵고 몸이 아파도 투정 한번 없이 여러 회원들과 함께 이어가고 있다. 그렇다고 누가 알아주는 것은 결코 아니다. 눈만 뜨면 집안일을 제쳐두고 봉사 현장으로 달려가야만 하는 우리에게 어쩌면 남는 것은 결국 골병이라는 말을 할 만큼 요즘 대부분 봉사자의 연령대가 높아간다. 젊은 사람들은 직장으로 혹은 아르바이트를 해서 가사에 도움이 되고자 나가기 때문에 갈수록 봉사자 수가 줄어들고 있는 현실이다.

이런 문제를 해결하기 위한 하나의 그 대책으로 선진국처럼 봉사 시간을 적립해서 마일리지 제도를 운영한다면 아마도 좀 더 나아지지 않을까? 즉 젊어서 봉사 시간을 적립하면 나중에 늙어서 정말 누군가의 도움이 필요할 때 적립한 시간만큼 다른 봉사자의 도움을 받을 수 있다면 너도나도 시간 내서 봉사 시간을 적립하려고 할 것이다.

얼마 전 TV 프로그램에서 요양병원에서 폭행을 당하여 죽은 노인들을 보면서 경악을 금치 못하였다. 자식들은 요양병원을 믿고 부모를 맡겼건만 말 못하고 제대로 움직일 수 없는 나약한 노인을 마구 구타하여 갈비뼈와 팔다리뼈가 부러지고 눈이 충혈된 모습을 보면서 참으로 가슴이 아팠다. 세월을 이길 장사는 한 사람도 없다. 모두가 늙고 병들어 결국은 죽음이라는 다른 세계로 가야만 한다. 젊은 시절 한때 잘 나갔던 사람도 늙음 앞에서는 꼼짝 못 한다.

몇 해 전 마을공동체의 일환으로 '웃필사'라는 봉사자들 약 10여 명이 우리 지역 경로당을 찾아가서 어르신들에게 웃음을 선사하는 공연과 종이접기, 마사지와 가벼운 스트레칭 등을 하면서 봉사를 하였다. 경로당에 가보니 할머니들 대부분은 할 일이 없으니 화투놀이를 하는 게 고작이었다. 경로당에는 90세 이상 나이 드신 분들도 많았는데, 우리가 함께 웃고 노래를 부르면서 가벼운 율동을 가르치자 손뼉을 치면서 흥겨워하셨다.

그리고 무엇보다도 대화를 하면서 지나온 그들의 삶을 들어줄 대상이 필요해 보였다. 비록 짧은 1년여 시간을 할머니 할아버지들과 함께 한 시간이 오랜 잔상으로 남아있다. 또한 지하 방에서 움직이지 못하고 누워계신 환자분을 찾아가 마사지를 해드리면서 우리들 또한 머잖아 늙고 병들어 힘이 없어지면 마찬가지라는 겸허한 마음으로 자신을 낮추게 되었다.

나도 머잖아 노인이라는 호칭을 피할 수 없을 것이다. 지금도 하나 둘씩 몸에서 이상 신호를 보내와 병원 약봉지를 한 아름 안고 산다. 그러면서도 마치 중독된 사람처럼 눈만 뜨면 가야 할 봉사 현장으로 열심히 뛰어다닌다. 현재 5년째 새마을부녀회 구회장직을 맡아왔고, 올해에는 강동구 여성단체협의회장직을 맡고 있다.

강동구 새마을부녀회는 약 400여 명의 회원들과 함께 어려운 이웃을 위해 봉사하고 있다. 따라서 2019년도에 단체 부문 구민대상도 수상했다. 상을 받아서 기쁜 것이 아니라, 그만큼 열심히 봉사하여 지역에서 인정받게 된 것이 기쁘고, 내 뒤를 이어서 꾸준히 봉사자들 수가 늘어났으면 하는 마음에서 기뻤다.

자원봉사자들 모두에게 힘찬 박수를 보낸다. 그대들이 있었기에 사회의 그늘에서 소외된 사람들에게 잠시나마 희망이 되고 따스한 사랑을 나눌 수 있음에 감사하는 마음이다.

　사람이 눈을 감고 죽는 순간에 후회하는 것 중의 하나가 "봉사할 걸"이라고 들었다. ~할 걸을 세 가지로 말한다면, "건강관리를 진작 잘 해올 걸", "젊어서 실컷 하고 싶은 것 해 볼 걸", "좀 더 봉사를 열심히 할 걸"이라고 한다. 또한 누군가는 그리 말한다. '밥사' 위에 '감사', '감사' 위에 '봉사' 라고.

　어두운 사회를 밝혀줄 봉사자들이 점점 늘어난다면 세상은 좀 더 밝아질 것이다. 2020년도에도 자원봉사자들이 더 열심히 봉사할 것을 기대하면서 그들에게 뜨거운 박수를 보낸다.

문학과 봉사는 내 삶의 모두

- 20리 비포장 길, 『로빈슨 크루소 표류기』를 읽던 소녀

해외여행을 다니면서 호랑이 가죽을 본 적이 있지만 가죽을 남기고 세상을 떠난 호랑이 이름을 들어본 적은 없다. 하지만 사람은 죽어서도 누구나 이름을 남긴다. 그리고 살아남은 자들로부터 존경의 대상이거나 원망의 대상으로 이름 불린다. 이순耳順을 지나면서 이러한 생각에 골똘해졌다.

나는 논산 대명산 자락 초가지붕 30여 채가 모여 사는 지장박골에서 태어났다. 부모님은 첫째인 나를 키우면서 어떤 기대와 어떤 꿈을 꾸셨을까? 내 아이들을 바라보면서 가끔은 내가 그때의 우리 부모님이 되어 생각해 본다.

친정어머니는 올해 여든셋이고 아버지는 12년 전에 세상을 떠나셨다. 아버지는 나를 임신한 어머니를 고된 시집살이 틈새에 맡기시고 군에 입대하셨다. 그 당시 어머니는 아버지를 기다리며 1년여 시간의 혹독한 시집살이로 늘 배가 고파 칭얼대며 우는 나를 업고 달래던 이야기들을 연필로 일기장에 꼼꼼히 적어 놓으셨다. 그 일기장을 지금도 가끔 꺼내 읽어보면서 어머니와 아버지의 애틋한 그리움 속에서 배고프고 가난했던 모습을 생생하게 그려보게 된다.

　나의 문학적 감성은 친정어머니의 영향을 많이 받았나 보다. 초등학교 6년 내내 도서실 하나 없는 시골 학교에서 교과서 외에는 단 한 권의 동화책을 구경한 적 없었다. 그런데 지금은 내가 이렇게 작가가 되어 지면에 발표를 하고 있다는 것이 꿈만 같다.

　중학교에 입학해 20리 비포장 길을 통학하면서 짬짬이 학교 도서실에서 책을 읽게 되었다. 그 당시 처음 읽은 책이 바로 『로빈슨 크루소 표류기』다. 점심시간에 도시락을 먹고 재빨리 도서실로 향하면 겨우 20분 이내 짧은 시간에 몇 장씩 읽었던 책을 지금도 생생하게 기억하고 있다. 황갈색으로 누렇게 변하여 헤진 책장을 넘기면서 매일 무인도의 삶 속으로 빠져들곤 했다.

　그리고 교내 글짓기 대회에서 시가 뭔지도 모르면서 마른 머리 두드려가며 글쓰기에 도전하기도 했다. 지금도 그때 그 가을의 국화 향과 시 향은 잊을 수가 없다. 고향에서는 그저 야생화들로서 마당에 핀 과꽃이나 다알리아 아니면 늦가을까지 빨강, 노랑, 하양으로 작은 꽃망울의 소국화였다. 하지만 교정엔 크고 탐스런 국화 화분들이 곳곳에 놓여 있었고 국화와 어울리는 시화전 작품들을 보면서 서정적인 자아가 싹트기 시작한 것이다.

　여고 시절 나의 꿈은 막연하게 그저 작가가 되고 싶었고 현대시는 전혀 모른 채 라이너 마리아 릴케, 박목월, 김소월, 하이네 시집을 손에 들고 다니면서 암송하는 게 전부였다. 그 당시 대부분 취미나 특기를 적라 하면 '독서'라고 쓰곤 했지만 사실 나는 그다지 많은 책을 읽을 수도 없었으면서 늘 취미는 '독서'라고 쓰곤 했다. 그것은 여고 시절 큰 꿈을 펼치기에는 너무도 가난하여 스스로 학비를 벌어야 했기 때문이다.

뒤늦게 말단 공무원이 된 아버지의 그 당시 월급은 17,000원으로, 우리 오 남매를 먹고, 입히고, 가르치기 힘들었다. 어머니는 화장품 외판원으로 혹은 이불 가게 삯바느질을 하며 생활비를 보탰다. 일곱 식구가 쌀밥 한 끼 제대로 먹지 못할 만큼 가난했다. 납작보리가 섞인 몇 년 묵은 정부미에다 보리쌀을 섞어 지은 밥으로 겨우 끼니를 이어갔으니, 늘 핼쑥한 얼굴로 핏기없는 고단한 삶이었다.

여고 입학식 날, 나는 교복도 위아래 짝짝이로 빌려 입고 참석했다. 무엇보다도 학교 갈 때마다 부끄러워서 늘 기가 죽어 있었다. 때론 외롭고, 때론 힘들다고 투정 부려도 받아줄 사람이 없는, 그래서 아주 강인한 억새풀처럼 너무 일찍 철들었던 것 같다. 지금처럼 인터넷이 발달해 정보를 교환할 수 있는 시기도 아니었고, 70~80년대에는 그야말로 아날로그 시대였으니 그때의 아날로그적 감성으로 지금도 세상을 바라보고 이해하면서 인생의 깊은 맛을 우려내고 싶은지도 모른다.

그리고 직장생활을 하다가 남들처럼 평범한 시기에 대기업 회사원인 남편을 만나 결혼하고 아이를 넷이나 낳아 길렀으니 지극히 평범한 여자였다. 돌아보면 세상 물정 잘 모르는, 그래서 오히려 미래에 대한 두려움 없이 남편이 모든 것을 다 해결해 주고 짊어지고 갈 거라는 믿음으로 아이를 넷이나 겁 없이 낳았는지도 모른다.

결혼 후 3년 만에 첫아들을 낳고도 진짜로 엄마가 되었다고 믿어지지 않았다. 그리고 첫 아이에 대한 기대와 욕심을 부리면서 마치 천재인 양 착각 속에서 아이의 눈높이를 높게 잡아놓고 조금만 못하면 다그치기 일쑤였다. 그야말로 자식 교육을 이론적인 지식으로 욕심만 앞세우려 했던 시행착오였다. 대학에서 교과과정에 있는 '부모교육' 과목을 이수하고도 진정한 부모의 역할을 깨닫지 못하고 '부모 노릇'을 한 나는 아이에게 너무도 어리석은 엄마였고, 남편 또한 너무도 엄격한 아빠였다.

하지만 결혼 전까지 비교적 가난한 환경에서 어렵게 살아온 것 외에는 부모님 사랑을 받으면서 비교적 순탄한 삶을 살았기에 어처구니없는 혹독한 시련이 내게 던져질 거라곤 상상도 못했다. 불의의 사고로 첫아이를 잃은 아픔을 가슴에 묻고 울고불고 방황하던 그 당시 나에게 위안이 되고 살아갈 힘을 주었던 것은 오로지 글쓰기였다.

인터넷 카페에 얼굴도 모르는 팬들이 나의 글을 읽고 나서 댓글로 위로해 줄 때마다 힘든 마음을 일기처럼 매일매일 그대로 써 내려갔다. 그리고 그 힘을 버팀목 삼아 문화센터 수필반과 시창작반에 들어가 새로운 나의 삶을 펼쳐갔다. 시와 수필로 이미 등단은 하였지만, 사십 대 중년의 늦깎이로 본격적인 문학 공부를 하기 위해 중앙대학교 예술대학원에서 시 창작을 공부하게 되었다.

누군가 인생은 늙어가는 것이 아니라 익어가는 것이라고 했다. 나는 22년째 지역사회에서 봉사활동을 하고 있다. 봉사활동과 문학활동을 함께 하면서 어느새 환갑을 지나고 보니 '이것이 인생이구나' 하는 생각이 잔잔한 물결처럼 밀려온다. 어릴 때 내 고향 대명산 자락에서 흘러오던 집 앞 도랑물에서 머리를 감고 빨래하며 놀다가 떠내려가는 검정 고무신 한 짝을 건지려 냇물을 따라 달려갔던 것처럼 아직도 가끔은 잃어버린 신발 한 짝을 찾는 꿈을 꾸기도 한다. 이제 노년기에 접어들었는데도 내 꿈은 늘 그렇게 어디론가 자꾸만 흘러가려 하고 나는 그 꿈을 좇으려 하고 있다.

돌이켜보면 내 삶의 황금기는 사십 대에 시작하여 약 20여 년 동안 새마을부녀회에서 봉사해 온 시간이라 하고 싶다. 결코 후회하지 않을 삶, 그것은 바로 새마을부녀회에서 지금까지 어려운 사람들에게 미약하나마 힘이 된 것이다. 그리고 남은 1년의 임기 동안도 최선을 다하여 내 삶의 2막을 잘 정리하고 싶다.

앞으로 또 하나의 남은 꿈이 있다면 59세에 자서전을 쓰겠다 하고서 실행하지 못한 것을 69세 이전에는 꼭 써 보고 싶다. 결코 남에게 내 세울만한 성공한 인생은 결코 아니지만, 내 인생을 차분하게 정리하는 마음으로 써 가면서 남은 인생을 마무리하고 싶다. 그리고 건강만 따라준다면 조용한 곳에 머물면서 그동안 만난 숱한 사람들의 아름다운 이야기를 소설로도 써 보고 싶다. 하지만 요즘은 건강이 너무 안 좋아서 자신이 없다. 2년 전에 뜻하지 않은 '고관절 무혈성 괴사' 판정을 받고부터 오른쪽 다리가 너무 아파서 걸음을 맘대로 걸을 수 없기 때문이다.

불행은 연이어 온다더니, 5년 전에 빙판길에서 넘어져 뇌출혈이 왔었고, 그로 인해 고관절에 문제가 생기더니 간 기능까지 악화되어서 요즘은 약을 한 움큼씩 먹으면서 일상생활을 조심스럽게 하고 있다. 감기 한 번 앓지 않고 잘 지내온 건강한 몸이 이렇게 사소한 부주의로 인하여 와르르 무너지기 시작하면서 건강에 자신감을 잃어가는 느낌이 든다. 그렇다고 죽음은 전혀 두렵지 않다. 단지 죽음을 맞이하게 될 그 순간까지 최선을 다하고 싶을 뿐이다.

요즘은 내 인생 마지막 열정의 꽃들이 환하게 피어나고 있다. 대통령 훈장과 대한민국 경영인 대상을 수상했고, 강동구 새마을부녀회장과 강동구 여성단체협의회장직을 맡으면서 다양한 사람들과 만날 수 있는 계기가 되어 다양한 글 소재를 얻고 있다. 또한, 리더로서 자신감을 갖고 여러 가지 업무를 잘 수행하고 있는 편이다. 일을 하면서 나 자신의 무한한 가능성을 힘껏 펼쳐갈 수 있음에 감사한다.

인생에서 누구나 행운의 기회가 세 번 온다고 한다. 내 인생의 가장 큰 행운은 남편을 만난 것이고, 두 번째 행운은 아이를 잃고 힘든 역경 속에서 문학의 길로 들어서게 되어 지금까지 많은 글을 쓸 수 있는 것이고, 세 번째 행운은 바로 봉사를 하면서 '한상림'이라는 이름으로 많은 사람들과 함께 더불어 행복하게 살아가고 있음이다.

그리고 만약에 마지막으로 한번 더 나에게 행운이 주어진다면 과연 나는 무엇을 선택할 수 있을까? 그것은 바로 다시 태어나는 마음으로 남은 시간은 좋은 글을 써서 세상 사람들에게 빛이 되고, 용기를 줄 수 있는 글로서 남은 생을 마무리하고 싶은 거다.

나에게 문학이 없는 삶은 죽은 삶이요, 문학과 함께 할 수 없는 시간은 고통스럽게 죽어가는 시간이다. 지금도 나는 아무리 바쁜 일정이라 해도 잠시 틈만 나면 글을 쓰고 있다. 그것은 내 안에서 하고 싶은 말들을 오로지 글을 통해서만 말하고 싶기 때문이다.

글을 쓰면서, 죽는 날까지 매일매일 감사하는 마음으로 살고 싶다.

섬으로 사는 사람들

초판 1쇄 인쇄 | 2019년 12월 12일
초판 1쇄 발행 | 2019년 12월 24일

지은이 | 한상림
펴낸이 | 김용길
펴낸곳 | 작가교실
출판등록 | 제 2018-000061호 (2018. 11. 17)

주소 | 서울시 동작구 양녕로 25라길 36, 103호
전화 | (02) 334-9107
팩스 | (02) 334-9108
이메일 | book365@daum.net

ⓒ 한상림 2019
ISBN 979-11-967303-2-1 03810

＊책값은 뒤표지에 표기되어 있습니다.
＊잘못 만들어진 책은 구입처에서 교환해 드립니다.